ルークとクレアの物語

森田　絵麻

Ema Morita

君たちは、森へ行ったことがあるかい？　行ったことがある人は、思い出してみよう。まだ、行ったことがない人は、頭の中に思い浮かべてごらん。さあ、どうかな？　君たちの、思い出の中や、想像の中の森は、どんな感じなのだろう。きっとね、お天気がいい日には、鳥たちの歌う声や、川の流れる音が聞こえてくる。それから、雨が降る日には、木の葉に雨の雫が落ちる音が、楽しいリズムを聞かせてくれるよ。

さあみんな、これから森の湖の妖精と、近くの村に住む少年のお話を始めるよ。

Ema

遠い遠い国の、大きな大きな森のはずれに、小さな村がありました。そこには、ある男の子が住んでいます。名前はルーク、先週のお誕生日に、十歳になったばかりです。ルークのお父さんはアラン、お母さんはソフィーと言います。アランとソフィーは、一緒にパンとケーキのお店をやっていました。二人とも、とても働き者です。アランは朝早くから、村のみんなが買いに来る、朝食用のパンをたくさん焼いて、お店に並べます。ソフィーもデザートのケーキや、お茶の時間に食べる、スコーンやクッキーなどを作っています。ですからルークは、毎朝パンやケーキが焼けるいい香りで、目が覚めているのです。なんだかとっても、うらやましいですね。

「うーん、いい匂いがしてくる。えーっと、これは……クロワッサンの香りだな。」

目が覚めたルークは、思い切り深呼吸をして、いい香りを胸いっぱいに吸ってみます。色々なパンの中でも、バターの香りがいっぱいの、クロワッサンが、一番好きでした。ですから、今朝は、ベッドからピョンと、跳び起きました。

「おはよう、お母さん。」

「あら、おはよう、ルーク。いつもより早起きなのね。」

テーブルに着くと、ソフィーが、目玉焼きとサラダを、お皿に盛りつけてくれます。それからアランが、焼き立てのクロワッサンを、運んできてくれました。

「おはよう、ルーク。ほら、温かいうちに食べなさい。」

「おはよう、お父さん、ありがとう。うわあー、おいしそう。いただきます！」

ルークは、元気よくそう言って、食べ始めました。すると、ソフィーが言いました。

「今日は土曜日だから、いつもの通り、お手伝いをお願いね。」

「はい、お母さん。ブルーベリーをたくさん摘んでくるから、任せて！」

ルークは自信たっぷりに、答えました。

朝食が終わり、後片付けを済ませると、ルークは森へ出かける準備を始めました。今日は土曜日なので、学校はお休みです。ですから、パンとケーキに入れるための、ブルーベリーを摘みに行くのです。「うーん、眠い……。もう少しだけ寝たいなあ。」と、思うこともありました。それでも、朝の森に行くと、風に乗って流れてくる、爽やかな樹の香りが、ルークの眠気を吹き飛ばしてくれます。

ブルーベリーを摘みながら、大好きな歌を歌って、小鳥やリスや、大きなブナの樹を眺めるのは、本当に楽しいです。何回来ても、来る度に違う森の情景は、素晴らしいものでした。そして、森には美しい湖があって、のどが渇いたら、水を飲んでひと休み。それから湖の周りを、ぐるりと一周して、黄色いスイートピーや、うすむらさき色のアネモネを、たくさん摘みました。花びらが傷つかないように、大切に家に持って帰って、ガラスの花瓶に入れます。すぐに、お店の窓のそばにある、丸くて白いテーブルの上に飾りました。ちょうどその時、買い物に来たお客さんが、言いました。

「ここはいつ来ても、かわいいお花が飾ってあるのね。本当にきれいだわ。」

ルークが森から、摘んで来たばかりの、スイートピーとアネモネを、褒めてくれました。ですからルークは嬉しくなって、「お店を素敵に飾ることも、僕の大切なお手伝いになるな。」と、気がつきました。そんなことがあってから、ルークは森へ行くたびに、かわいらしくて、きれいなお花を、たくさん歩き回って探すのでした。

そして、学校でルークが、頑張っていることは、計算問題のテストで、百点をとることです。どうしても、二問か三問くらい、いつも間違えてしまいます。「今度こそ百点をとるぞ！」、そう思って、毎回テストを受けていました。けれど、今まで一つも間違えずに、できたことはありません。

「次は必ず百点をとる！」負けず嫌いのルークは、心の中で静かにそう思っています。そして、学校の休み時間には、友達と色々な遊びをしています。丸太の上を両側から歩いてきて、じゃんけんをしたり、滑り台やブランコで、遊ぶことも大好きです。それから、みんなでそれぞれに、好きな動物の絵を描いて、見せ合うことも好きです。ルークは、鹿とリスと鳥の絵を描くのが、得意でした。

学校が終わって家に帰ると、手を洗って、サンドウィッチを食べます。「今日は、どのサンドウィッチだろう？」毎日、楽しみにしながら、帰って来ます。今日は、たまごサンドウィッチと、紅茶が置いてありました。これは、ルークの大好物です。サンドウィッチを食べて、紅茶も全部飲み終ると、急いで宿題を済ませました。それからすぐに、お店のお手伝いに行きます。まずは、焼き立てのパンを棚に並べて、次はお客さんにケーキの味を説明しました。お店の品々が売り切れたら、早めに掃除や片付けをします。明日の下準備も、ルークの仕事でした。こうしてルークは、色々な仕事を手伝っています。毎日、お店を手伝うことが、楽しくて仕方がありません。「僕もいつか、お父さんとお母さんと一緒に、このお店で働きたい。」そう考えているからです。ルークはこのように、学校でも家でも、色々なことをして、毎日幸せに暮らしていました。

太陽が金色の光を青空に広げた、ある美しい朝のことです。なぜか、いつもの時間になっても、パンが焼けるいい香りがしてきません。ルークは不思議に思って、ごそごそとベッドから出ると、パジャマを脱ぎました。そして、緑色のシャツと、灰色のジーンズに着替えて、急いで階段を下りていきました。いつもなら、キッチンにはお母さんがいて、朝食の用意をしているはずです。紅茶を入れたり、ベーコンエッグや、サラダを作ったりして、忙しそうに動き回っています。ところが、キッチンにもお店にも、誰もいないのです。家中がシーンとして、ルークはとても怖くなってきました。「きっと何か、大変なことがあったんだ！　でも、いったいどうしたのだろう？　なぜ、二人ともいないのだろう……。」そう考えながら、お父さんのアランが、いつもパンを作っている、お店の奥へ入って行きました。すると、パンをこねる大きなテーブルには、ボールが転がり、牛乳びんがたおれて、こぼれた牛乳が広がっています。パン焼きオーブンの前の床には、小麦粉や卵やくるみなどの材料が、たくさん散らかっています。その近くには、アランが仕事の時に、いつもかぶっている、白い帽子が落ちていました。ルークは、アランに何が起こったのかを考えて、しばらくその場所に、じっと立っていました。そして、どのくらいの時間が過ぎたのでしょうか?

お店のドアベルが聞こえました。お母さんのソフィーが、ルークを探して名前を呼ぶ、大きな声が聞こえてきました。

「ルーク!　どこにいるの、ルーク!」

「ここだよ、お母さん!」

ルークは返事をしましたが、その場所から動こうとはしません。お父さんに起こったことは、いったい何だろう……。「急にお腹がすごく痛くなったのかな?　それとも、オーブンで酷い火傷をしたのかもしれない。まさか、ナイフで深く手を切ってしまったのかな……。」思いつくことは、どれもこれも、恐ろしいことばかりです。ルークはだんだんと、息が苦しくなって、心臓のドキドキが、速くなっていくのがわかりました。

「まあ!　ここにいたのね、ルーク。さあ早く一緒に来て、お父さんが大変なのよ!」

ソフィーに腕をつかまれて、ルークはやっと体を動かしました。ソフィーの後から、お店の外へ出ると、何が起きたのかを詳しく聞きました。

「ルーク、よく聞いてね。お父さんは今朝、いつもより少し遅い時間に、仕事を始めたわ。他に、変わった様子は無かったの。でも突然、『胸が痛い、苦しい！』と言いながら、倒れてしまったわ。すぐに私はそばに行って、起こそうとしたけれど、目をつむったまま、全然動かなくて……。」

ソフィーはそこまで話すと、ポロポロと涙を流しました。

「お母さん、それでお父さんは今、どこにいるの？　目は覚めたの？」

「お隣の、ノアとマギーにお願いして、三人で村の診療所へ運んだのよ。今はまだ、眠っているけれど、きっと目を覚ましてくれるわ。」

ソフィーは、ルークの手をぎゅっと握りしめていました。診療所へ向かい、二人はできる限り走り続けます。ルークが、ふと見上げると、ソフィーの顔に汗が光っていました。顔色は青白く、息がとても苦しそうです。それでも、アランの様子を、必死で話し続けるのでした。

たくさん走ったり歩いたりして、やっと村の診療所に着きました。ルークとソフィーが来るのを、看護師のカレンが、外で待っていました。二人はすぐに中へ入って行き、奥の部屋のドアを開けると、ベッドにアランが寝ているのが見えました。

「お父さん！　お父さん……。」

ルークは、大きな声で呼びかけました。何回も、何回も呼んでみましたが、アランは返事をしません。目を開けることもありません。すると診療所で、たった一人の医者、クリスが、ルークのそばに来て、言いました。

「ルーク、驚いただろう？　アランは、君のお父さんは、心臓の病気で倒れてしまったのだよ。でも大丈夫、君が呼んでも起きないのは、薬で眠っているからだ。夜になる前には、気が付くはずだからね。」

クリスの話を聞いて、ルークはアランが、生きていることがわかりました。すると急に、体中の力が抜けて、床にしゃがみこんでしまいました。ソフィーは、すぐにルークを抱き上げ、ベッドのそばにある長椅子に、静かに座りました。そして、膝の上でぐったりしたままのルークを抱きしめると、だまってアランの様子を見ています。しばらくするとソフィーは、自分の頬が涙でぬれていると、気が付きました。ハンカチを忘れてしまったソフィーは、エプロンの端で、そっと涙を拭きました。クリスとカレンは、悲しそうな二人の様子を、ずっと見守っています。少しでも元気が出るように、言葉をかけたいと考えますが、なかなか思いつきません。すると、何かを思い出したように、カレンが廊下の奥の部屋へ行きました。そこで、手作りのレモネードを、二つのグラスに注ぎ、丸いトレーに乗せています。カレンは、ルークとソフィーのために、レモネードを運んできました。

「どうぞ、これを飲んでください。たくさん走って、のどが渇いたでしょう。」

「まあ、ありがとう。いただきます。」

ソフィーは小さな声で、お礼を言いました。ルークにグラスを渡して、いっしょにレモネードを飲むと、レモンの香りが、口いっぱいに広がってゆきます。「酸っぱくて、甘くて、美味しいなあ。」と、ルークは思いました。爽やかなレモンの香りと、はちみつの優しい甘さに包まれて、ソフィーの心は静かになりました。レモネードを飲み終わって、いくら時間が過ぎても、二人は何も話せません。「アランが早く元気になって、三人で家に帰れますように。」と、ただそれだけを祈っていました。

ルークはいつの間にか、長椅子で眠ってしまったようです。目が覚めると、すぐに起きあがって、アランの様子を確かめました。けれども、まだ朝と同じように、静かに瞳を閉じたままです。もう、お昼近くになったのでしょう。空高く昇った太陽が、まぶしく輝いています。そのせいで部屋の中が、明るすぎるようでした。アランが、少しでもゆっくり休めるようにと、ルークはカーテンが開いたままの、窓に近付きました。そして、黄色いチェックのカーテンを、そっと閉めました。その時、カレンが部屋に入ってきて、ルークに言いました。

「あら、ルーク、起きていたのね、ちょうどよかったわ。今、起こそうと思っていたところなの。ねえルーク、アランはまだしばらく、目を覚まさないと思うわ。だから一度家に帰って、食事をして少し休んでから、また来たらどうかしら？　さっきソフィーと、話していたところなのよ。二人とも、朝から大変だったから、そうしたほうがいいと思うわ。」

「はい。わかりました、カレン。お母さんのことを、休ませてあげたいから、そうします。あのうカレン、お父さんのことを、よろしくお願いします。僕とお母さんが、いない間に、急に具合が悪くなったりしないか、とっても心配なんです。食事をして、お父さんの着替えを用意したら、すぐに戻ってきますから。」

「大丈夫よ。アランのことは、しっかりお世話していますから、まかせてちょうだい。」

カレンの言葉を聞いて、ルークは安心しました。眠っているアランに、「一度家に戻るから、待っていてね。」と、声をかけました。それから、食事と着替えの用意のために、ソフィーとルークは、家に向かいました。

家に着くとすぐに、ソフィーが昨日の夜に作ったシチューを、温めています。それから、戸棚を開けて、くるみパンを出すと、二つずつお皿にのせました。その間に、ルークはお湯をわかして、紅茶を入れます。

「いただきます。」

ルークもソフィーも、「早く食事をして、アランのところに戻りたい。」と、考えていました。でも、口の中に入れたパンが、なかなか飲み込めないのです。おなかは空いていて、キュルキュルと鳴っています。それなのに、味を感じなくて、ただ一生懸命に噛み続け、飲み込むだけでした。こうして、やっと食べ終わると、ソフィーがアランの着替えを用意しました。そして二人とも、さっき走ったせいで、汗で汚れたれた服を着替えました。

「忘れ物はないわよね？　さあルーク、行きましょう。」

一秒でも早く、アランのところへ戻るため、ルークとソフィーは、家を出発しました。大急ぎで歩いていると、ルークはだんだん、お腹が痛くなってきます。食事の後すぐに、急いで歩き始めたせいでしょう。それでも、お腹を両手で押さえ、前に体を傾けながら、休まずに歩き続けました。

お腹の痛みを我慢しながら、やっと診療所に着くと、すぐにアランのいる部屋の、ドアを開けます。すると、アランが、目を覚ましているではありませんか！　ベッドから体を起こして、枕によりかかっていました。アラン、クリス、カレンの三人で話をしています。

「お父さん！」

ルークは、大きな声でアランを呼ぶと、ベッドに向かって駆け寄ります。そしてつい、ベッドの上に、跳び乗ってしまいました。着替えを持って、ここに着くまで、「もしかしたらこのまま、お父さんは目を開けないのかもしれない。そうしたら僕は、お母さんと二人だけになってしまう。」そんなことを考えていました。ルークはとても不安で、仕方がなかったのです。

「ルーク！　また元気なルークに会えてよかった。心配しただろう、もう大丈夫だよ。」

アランはルークを、ぎゅっと抱きしめて、言いました。そしてアランは、ドアの前に立ったまま、涙をうかべているソフィーを見つめて、両手を広げます。ソフィーは何も言わず、アランとルークのそばに近づきました。そして三人は、しっかりと抱きしめ合いました。どんなに心配で、悲しい気持ちで、この時を、待っていたことでしょう。クリスとカレンも三人の姿を見て、嬉しくなりました。

「ねえお父さん、いつから起きていたの？　僕、やっぱりそばにいればよかったよ。そうすればもっと早く、お父さんに会えたのに。そうだよねえ、お母さん。」

「そうね。もし、そうしていたら、きっとルークは、おなかがすいて倒れてしまったと思うわ。そうしたら、せっかくお父さんが目を覚ましても、すぐには会えないんじゃないかしら？」

「そんなことない！　僕は、そんなに食いしん坊じゃないよ。ひどいなあお母さん。」

　アランは、ソフィーとルークが話している様子を見ながら、にこにこしています。

「さあそろそろ、アランを休ませてあげなくてはいけないよ。おしゃべりは、もうこのくらいで終わりにしよう。」

　クリスがルークの肩を、ポンポンと、たたきながら言いました。そして、アランが元気になるには、一週間くらい入院して薬を飲み、休まなければならない、という説明を聞きました。ルークは、少し不安になりましたが、すぐに思い直して、アランにこう言いました。

「じゃあその間は、僕がお父さんの代わりに、お母さんを守って、ちゃんと留守番するからね。お父さんは心配しないで、ゆっくり休んで。家には僕がいるから、大丈夫だよ！」

　ルークの言葉を聞くと、アランとソフィーは驚いて、お互いに顔を見つめ合いました。それは、まだ小さいと思っていたルークが、いつの間にか少し大人になっていることに、気付いたからです。「この子はなんて、頼もしいことを言ってくれるのだろう。」と、二人とも同じ気持ちになっていました。

アランが病気になってしまい、悲しくて心配で、とてもつらい一日でした。ですが、ルークが成長したと知ることができて、嬉しい日でもありました。

いつの間にか太陽が、西の空へと傾き始めています。朝ルークが閉めた、黄色いチェックのカーテンに、午後の陽射しが、当たったせいでしょうか。「あれ？ カーテンの色が、朝よりも濃く見えるな。」と、ルークは気が付きました。夕焼けがカーテンを、茜色に染めているせいでしょう。

アランが病気の間、ソフィーとルークは、ケーキだけしか無いけれど、お店を続けることにしました。それは二人で、よく話し合って決めたことです。ルークは、毎朝学校に行く前に、いつもより早く起きて、ケーキ作りの準備を手伝います。学校が終わると、急いで家に帰って、片付けや掃除を済ませます。その後、ソフィーと二人で、アランのお見舞いに出かけるのでした。

二人だけの毎日は、たった一週間ですが、怖いくらい忙しいものでした。毎晩宿題をしながら、つい眠ってしまうことが、何回もありました。ルークは一週間が、こんなに永いものだと、思ったことはありません。それでも、アランと約束した通りに、ソフィーを守ってきちんと留守番をしようと、一週間頑張り抜きました。

とうとうアランが、家に帰って来る日になりました。ルークとソフィーは、お店の仕事とお見舞いで、毎日とても忙しく働き続けてきました。ですから二人とも、体はひどく疲れていました。ですが、アランと三人で家に帰れると思うと、心の中は嬉しさでいっぱいです。

「ねえルーク、やっとお父さんが帰ってくるのね。今夜は久しぶりに三人で、家で食事ができるのよ。そうだわ、何を作ろうかしら。」

「うーん、えーっと、そうだなあ……。あっ、ポテトグラタンがいいよ。お父さんも僕も、大好きだもの。それから、お母さんに一つだけお願いがある。いつもの二倍作ってね。きっと、僕とお父さんは、何回もおかわりすると思うからさ。」

「そうね、じゃあいつもの三倍にするわ。だって今夜は私も、たくさんおかわりするつもりだから、二倍じゃ足りないもの。そうでしょう、うふふっ……。」

「そうだね、みんなでたくさんおかわりしよう！」

　そんなことを話しながら、楽しく朝食を食べていると、玄関のドアを何回も、強く叩く音が聞こえてきます。ソフィーが、急いでドアを開けると、そこにはカレンが立っていました。苦しそうに、早い呼吸をしています。

「まあカレン、いったいどうしたの？　まさかアランに何か……。」

　ソフィーが、最後まで言い終わらないうちに、カレンは話しはじめました。

「たいへんよ、さっきアランが急に苦しみだしたの。クリスがすぐに、ルークとソフィーを呼んでくるようにと……。だからお願い、急いで診療所に来て！」

「そんな！　まさかそんなことって、嘘でしょう？　昨日は、あんなに顔色もよくて、元気そうだったのに。これから、アランを迎えに行って、やっと三人で家に帰れると……」

　そこまで言うと、ソフィーは、倒れそうになりました。カレンは慌てて、ソフィーの体を支えました。大声でルークに、お水を持ってくるように、と言いました。ルークとカレンは、ソフィーを両側から支えて、お水を飲ませてあげました。するとソフィーはすぐに、カップ一杯のお水を飲み干しました。

「もう大丈夫よ、ありがとう。急に目の前が、真っ白になってしまったの。そうだわ！　ルーク、早くアランのところに、行かなくちゃ。ああ、どうしてなの。あんなに元気だったのに。」

　そうつぶやくソフィーの顔色が、だんだん青白くなっています。ソフィーの様子を見て、ルークは、「もしかしたら、お父さんが死んでしまうのかもしれない。」と、強い不安を感じているのでした。

「お母さん、お父さんが待っているよ。さあ、早く行こう。急がなくちゃ、ねえ、お母さん！」

　ルークの声を聞いて、はっと気が付いたソフィーは、立ち上がりました。三人はすぐに、村の診療所に向かって、家を出発しました。カレンとルークで、ソフィーの両脇を支えながら、何も言わずに、ただ歩いて行きました。

　ベッドに寝ている、アランの息は、とても浅くて、それに早くて、苦しそうにしていました。顔には、たくさん汗をかいています。目は薄く開いていますが、ソフィーとルークが来たことに、気付いていないようでした。

「お父さん！　僕だよ、ルークだよ。ねえ、お父さん！」

「アラン、私よ！　来たのよ！　ほらここにいるわ。」

　二人の声を聞いて、アランは、はっきりと目を開けました。そして、何か話そうとしていますが、言葉になりません。ソフィーとルークは、アランの手をしっかりと強く握り、傍にいることしかできません。

「クリス、いったいアランはどうなってしまったの？　昨日までは、毎日お見舞いに来るたびに、元気になっていたのに。それに今日は、家に帰れるはずだったのよ。なぜアランがこんな風に……全然わからないわ。」

「ソフィー、それについてだが……。これから僕が言うことを、しっかりと聞いてほしい。アランの父親も、心臓の病気で、アランがまだ子どもの頃に、亡くなったと聞いたよ。生まれつき、心臓の病気だったらしい。僕は前にも、同じ病気の人を、何人か治療したことがある。けれど、こんなに急に悪くなった人は、見たことが無い。もしも、このまま様子が変わらないなら、残念だけれど、もう何日も生きられないだろう。」

「そんなことって……。ああ、そうだったのね。私もアランに聞いたことがあるわ。ルークのおじいさん、アランのお父さんは、アランがまだ子どもの頃に、死んでしまったと。詳しい様子は、なにも知らないけれど、きっと急に具合が悪くなって、突然逝ってしまったんだわ。」

ソフィーは、アランのお父さんについて、知っていたことを、全てクリスに話しました。

ソフィーとルークの悲しみが、雲を呼び寄せのでしょうか？　ついさっきまで、樹々の間から差し込んでいた朝陽が、雲に覆われています。そのせいで部屋の中が、薄暗くなってきました。重い空気の中で、アランの苦しそうな息使いだけが、聞こえているのでした。

家に帰るはずだった日、アランが急に苦しみ出してから、五日過ぎた夜のことです。とうとうアランは、死んでしまいました。

その日から、何か月か過ぎようとしています。けれどもルークは、アランが死んでしまったことを、信じられずにいました。お葬式の時に、棺の中にいるアランの顔を見ても、ただ眠っている、としか思えませんでした。そしてソフィーは、愛するアランがいない悲しみを抱えながらも、一人でお菓子のお店を、続けることにしました。ソフィーが作る、クッキーやケーキを、楽しみに待っていてくれる、お客さんがたくさんいるからです。それに、毎日泣いてばかりはいられません。これからは、ソフィー独りで、ルークを立派に、育てなければいけないのです。

悲しく淋しい毎日の中で、ルークは一日も休まずに、続けていることがありました。それは、森へ行くことです。小さい頃から、お父さんと一緒に、何回も森へ遊びに行きました。楽しかった思い出が、いっぱいの森へでかけると、お父さんに会えるような気がするからです。

ある日のことです。少しずつ元気になったルークは、森でブルーベリーを摘んで来て、「ソフィーにブルーベリータルトを、作ってほしい！」と、思うようになりました。ルークは、ソフィーを助けて、天国に行ったアランを、安心させてあげなければと、気が付いたのです。そこで今日は、お父さんがいた頃のように、大きなかごを持って出かけて行きます。

「お母さん、僕、行って来るからね。楽しみに待っていて！」

「ええ、気を付けて行ってらっしゃい。」

ソフィーは、ルークを見送りながら、元気に歩いて行く背中を、見送りました。

ルークは森の中を、夢中であちこち歩き回って、かご一杯に、ブルーベリーを摘みました。本当に、久しぶりのことです。それから、前と同じように、大切にかごを抱えました。次は、湖の周りを散歩しながら、アネモネを摘み始めます。すると、花びらの陰で何か小さなものが、動いたように見えました。

「蝶々かな、でも羽が透き通っているから、虫かな？　うーむ、こういう羽がついている虫は、見たことが無いけど……。」

　不思議に思ったルークは、そっと息を潜めて、そのまましばらく様子を見ていました。すると、アネモネの花びらが、ヒラッと動いたのです。次の瞬間、背中にキラキラ光る羽を付けた、薬指くらいの女の子の姿が見えました。「きっとこの子は妖精だ。六歳のクリスマスプレゼントにもらった、絵本に描いてある絵とそっくりだもの。」ルークは驚きましたが、できるだけ落ち着いて、絵本のことを思い出してみました。「でも絵本には、人間には妖精は見えないと、書いてあったけれど、どうして僕には見えるんだろう？」本当に不思議です。ルークは、色々なことを考え始めました。すると、頭の中でつむじ風が、「ヒュルー、ヒュルル」と、渦巻いているような気がします。今、自分の前で起きていることは、いったい何事だろう……。考えれば考えるほど、余計にわからなくなるのです。「突然現れた、羽がある小さな女の子。妖精にそっくりだけれど、人間の僕に見えるのは、なぜだろう？　この子は誰なのかな。」ルークは、同じことをグルグル考えて、ぼんやりしていました。すると、妖精らしい女の子は、いつの間にかアネモネの真ん中に座って、こちらをじっと見ています。ルークは思い切って、この女の子に話しかけてみることに決めました。

「こんにちは。僕は、ルークって言うんだ。君は、もしかすると、妖精？　名前はなんていうのかな。」

ルークは、小さい女の子を驚かせないように、優しく静かに話しかけます。

「えっ！　どうして私が見えるの？　人間には妖精の姿が、見えないはずなのに……。あの、私の名前はクレア。あなたの言う通り、妖精なの。」

クレアは、妖精が見える人間に出逢って、本当に驚きました。実は、美しく純粋な心を持つ人間ならば、妖精の姿が見えることがあるのです。

「はじめまして、クレア。僕、本物の妖精に逢ったのは、君が初めてだよ。絵本では見たことがあるけどね。」

「私も、人間とお話ししたことは無いわ。だって、妖精は人間が見えるけれど、人間は妖精を見ることができないの。」

「そうだよね、僕も知っているよ。それなのに、どうして今僕は、君の、クレアの姿が見えるのだろう……。」

「それはね、きっとあなたが、美しくて純粋な心を持った人間だからよ。そういう人間には、妖精が見えるんですって。」

「ええっ！　本当にそうなの？　君が見えるし、おしゃべりもできるなんて、僕ってすごいね！」

「そうよ、すごいわ。私、人間とお話ししたのは、今日が、あなたが初めてなのよ。ねえルーク、なんてすてきな日が、やってきたのかしら。夢みたい！　でも本当なのね。だって私たち、さっきからずーっと一緒にいるわ。それに、たくさんおしゃべりしているもの。ねえ、そうでしょう？」

二人は、ついさっき出逢ったばかりです。でも、ずっと昔から仲の良い友達のように、仲良くはしゃいでいました。ルークは妖精のクレアと、クレアは人間のルークと出逢えて、心から嬉しく思っていました。そして二人とも、「このまま少しだけ、時間が止まってくれたらいいのになあ」と、心の奥で思いました。

クレアに出逢った嬉しさで、走り出したくなるような気持ちが、少し静かになった、ある日のことです。森で初めて、クレアとおしゃべりした日から、一か月過ぎた頃でした。ルークには、一つだけどうしても、不思議に思うことがありました。それは、いつもクレアが、たった一人でいる、ということでした。森は広いし、湖の周りはたくさんの、花や緑に囲まれています。妖精たちのはしゃぐ声が、聞こえてくるような気がするのに。それに、絵本のなかでは、妖精たちが暮らしている様子が、たくさん描いてあったのに。「絵本のお話と、本当の妖精たちの世界は、違うのかもしれないな。」ルークはクレアに聞いてみたいけれど、もう少しだけ我慢してみようと決めました。なぜ、そうしようと思ったのか、自分でも理由はわかりません。ただ何となく、「クレアを、そっとしておいてあげたい」という気がしたのです。人間である自分には、全く想像できない、何か特別な事情があるに違いない。クレアが、一人ぼっちで森で暮らしている訳は、僕から質問してはいけない。それに、妖精たちだけの大切な秘密かもしれないし。そんな風に、色々な理由を、一生懸命に考えていました。

ブルーベリーが、たくさん採れる季節が、過ぎてゆきました。そしてこの頃は、きのこや木の実が、森のあちらこちらで、見つかるようになりました。そうです、もう秋がやってきたのです。ルークは今日も、森へでかけていきました。お母さんのお店でつくる、お菓子の材料に使う、栗やきのこ、山ぶどうを、たくさんとりにやってきました。もちろん、お店をすてきに飾るための、コスモスを摘むことも、忘れるわけにはいきません。

クレアと出逢った頃に比べて、ルークの体は大きくなっていました。背の高さも、肩幅も、手も成長したので、力が強くなりました。そのおかげで、もっと大きなかご一杯の、木の実やきのこ、コスモスを、持って帰ることが、できるようになりました。歩くのも速くなったので、今ではとても早く、家に帰れるようになりました。お母さんの得意な、栗のタルトの作り方も、少しずつ教えてもらっています。

この頃は、学校がある日でも、早起きして、森へ出かけることがありました。クレアのことが、とても心配になる時があったからです。一人ぼっちで、毎日過ごしているクレアが、気になります。少しでも、楽しい時間を過ごせるように、自分にできることは何かと、ルークは考えました。そして、いいことを思いつきました。クレアが好きな歌を歌ったり、絵本を読んで色々なお話を、聞かせてあげたりすることにしたのです。のんびりと、森を散歩しながら、きれいな声で歌うルークの肩には……クレアがちょこんと座っています。歌のリズムに合わせて、頭を右に左に揺らしたり、足をパタパタ動かしてみたり、嬉しくて嬉しくてニコニコしています。それから、絵本を読んでもらう時は、ルークが湖の畔の、大きな切り株に腰掛けます。そして、ルークの膝の上には、クレアが座っています。暖かくて気持ちのいい、ルークの膝の上で、クレアは真剣な顔で、お話を聞いているのでした。

ルークとクレアが、仲良く楽しく過ごす時間が、穏やかに流れて行きます。いつしか、赤や黄色や、茶色に色づいた木の葉が、ハラハラと地面に落ち始めました。それから何日かたつと、きれいな落ち葉のカーペットが、できあがりました。ルークが歩くと、かわいた落ち葉たちが、「クシュクシュ、カリッカリッ」と、にぎやかな音を響かせます。その足音が、森の外れから聞こえてくると、クレアの羽はピクッと動きます。太陽を隠していた雲が、やっと風に流されて行ったように、気持ちが明るくなるからです。クレアは、昨日も一昨日も、ルークが森へ来る時を、ずーっと待っていました。それは、二人で一緒にいる時間が、どんな時よりも楽しいからです。それからもう一つ、どうしてもルークに逢いに来てほしい、大切な理由があります。このことは、決して誰にも話すことができない、クレアだけの秘密なのですが……。

ずっとずっと、昔のことでした。クレアは、ここから離れた小さな森で、たくさんの妖精の仲間たちと、にぎやかに暮らしていました。仲良しの妖精たちと、色々なことをして遊び、とても楽しい毎日を過ごしていました。時々、月が銀色の光で、真っ暗な森を照らす夜があります。美しい月の光に包まれた、クヌギの樹の下からてっぺんまで、誰が一番早く飛べるか競争するのです。一番になることもあるし、最後になる時もありました。でもクレアにとって、何番になるかは、どうでもいいことでした。みんなで高いところに向かって、思いっきり飛ぶことが、楽しくて仕方がないからです。それから、気持ちよく晴れた日には、たんぽぽの綿毛につかまって、ふわふわと風にやさしく運ばれ、空を散歩します。そして疲れたら、デイジーの花の上に降りて、お昼寝をするのが、クレアの楽しみでした。

ある日クレアは、仲良しのリリーという、妖精の女の子と一緒でした。二人は、野いちごの花の上にすわって、おしゃべりしていました。リリーの羽は、茜色が少し混ざった桃色で、とても珍しくて、美しい色をしています。妖精の羽の色は、一人一人少しずつ違っていて、水色や黄緑色、薄紫色や黄色などが多いのです。クレアの羽は、透明に近い水色なので、特に珍しい色ではありません。クレアや、妖精の女の子たちから、「リリーの羽は、素敵な色だなあ。うらやましいなあ。」と、思われていました。

「ねえ、リリーの羽って、とっても素敵ね。いつ見ても本当にきれいだわ。私の羽もリリーみたいに、珍しい色ならよかったのに。」

「そうかしら、私はいつも、羽の色のことばかりを言われるの。それにね、私一人だけがみんなと違うのは、全然嬉しくないわ。仲間はずれみたいで、とてもいやなの。私は、クレアのことがうらやましい。だって、同じ羽の色をしたお友達が、四人もいるなんて、とっても素敵。」

リリーはそう言って、クレアの水色の羽を、じっと見つめながら、淋しそうな顔をしています。そんなリリーの顔を見ていると、クレアは何とも言えない気持ちになりました。「こんなに美しい羽が、嬉しくないなんて、私には信じられないわ。でも、なんて悲しい顔をしているのかしら。リリーの顔を見ていると、私もだんだん悲しくなってくる……。」それから、二人のおしゃべりは、ぴたっと止まっていました。そのうちリリーは、ゆっくり花のはしっこに行って、ひとりで座ってしまいました。そして時々、足をゆらゆらさせたり、止めたりしています。クレアはリリーが、足をゆらしている様子を、静かに見ていました。そして、自分も傍に行こうか、どうしようか迷いました。でもやはりクレアは、リリーのとなりに座って、いっしょに足をゆらゆらしてみます。すると野いちごの花が、前に後ろに、だんだん激しく揺れ始めました。二人とも慌てて、足を揺らすのをやめましたが、もう間に合いません。花から振り落とされ、野いちごの葉っぱの中を、あっという間に地面に向かって、落ちて行きました。あれ？　変ですね。すぐに羽を動かせば、地面に落ちないはずです。だって二人は、妖精なのですから。でも、あまりにも怖くて、体中が固まって、自由に動かなくなっていました。ですから、すぐに飛ぶことが、できなかったのです。気が付くと二人とも、地面にうつぶせに倒れていました。

「ああ、痛ーい。私、手をすりむいちゃった。」

クレアがはじめに言いました。

「私もよ、クレア。ああもう、すごく痛いわ。でも、葉っぱがたくさんあって、よかった。」

「そうね、これが無かったら、もっと痛い思いをしているところだったもの。本当に危なかった。」

他に痛いところが無いか、体のあちこちを動かしたり、さわったりしました。ふと、お互いに顔を見上げた時、二人は思わず、大きな声で笑ってしまいました。クレアのほっぺには、泥が付いていて、薄黒く汚れています。リリーのおでこには、つぶれた真っ赤な野いちごが、ぺたっと張り付いています。まあ！　二人とも、なんておかしな顔なのでしょう。髪には葉っぱや花びらが、たくさん付いているし、服も泥や花粉で汚れてしまいました。お互いのひどい姿を見て、笑いが止まりません。そのうちリリーのおでこから、つぶれた野いちごがはがれて、落ちてきました。それを見た、クレアとリリーは、ますます面白くなって、お腹が痛くなっても笑っていました。

「あっ、クレア、静かにして。なにか聞こえてこない？」

「ええ、確かに聞こえるわ。」

遠くから、人間の話し声が、聞こえてきました。誰かが、こちらに近づいて来るようです。クレアもリリーも、急に緊張した顔になりました。

「リリー、早くどこかへ、あそこのポプラの樹へ行きましょう。急いで！」

クレアはリリーの手を、ぎゅっとにぎって、ポプラの樹に向かって、飛んでいきました。妖精は人間には見えませんから、いつまでもここにいると、踏みつぶされるかもしれません。二人とも力いっぱい飛んで、やっと樹の枝まで来ることができました。枝に座るとひと安心です。辺りを見ると、人間の姿がよく見えました。野いちごを摘みながら、二人の女の子が近づいてきます。

「ねえクレア、あの子たち本当に楽しそう。きっと、とても仲がいいんだわ。私たちみたいね。」

「ええ、そうね。私もそう思うわ。」

クレアはリリーが、「自分たちみたいにとても仲がいい」と、言ってくれたことが、嬉しいと思いました。そして、もっともっとリリーと、遊んでいたくなりました。

二人の女の子のうちの一人は、紺に白の水玉模様の服を着ていて、背が高く、長い髪を耳の横で二つに結んでいます。そして左手には、ふたの付いた四角いバスケットを、持っています。

もう一人の女の子と、右手をつないでいました。おそろいの服で少し背が低く、肩までのまっすぐな髪の女の子は、丸いバスケットを持っています。中には森で見つけた、おいしそうな野いちごや、いい香りのするお花が入っているのでしょう。二人とも楽しくて、すっかり夢中になり、森中を探して遠くから、歩いて来たようです。

「ねえ、お姉ちゃん、私、もう疲れちゃった。それにおなかがすいて、もう一歩も歩けない。」

どうやらこの二人は、姉妹のようです。妹は歩き疲れて、お腹がすいて機嫌が悪く、泣き出しそうな顔をしています。

「そうね、もうずいぶん歩いたし、バスケットの中も、いっぱいになったわね。」

「ほら見て！　お姉ちゃん。こんなにたくさん、デイジーとスイートピーが摘めるなんて、思わなかったね。」

「ええ、それに、野いちごとブルーベリーも見つけたし、おみやげはこれで、もう充分ね。それじゃ、お弁当にしましょう。むこうに、クローバーがたくさんあるわね。あそこで食べましょう。」

二人は四角いバスケットから、花柄のピクニックシートを出すと、両端を持ってきれいに広げました。それから靴をぬいで、疲れた足をのばして座ると、とてもふんわりしていて、いい気持ちです。

「お姉ちゃん、やわらかくて気持ちがいいね。まるで、カーペットに座っているみたい。」

「そうね、きっと、このクローバーの上だからよ。」

クローバーのおかげで、疲れた姉妹はゆっくりと、休むことができそうです。さっそく四角いバスケットから、サンドウィッチや、クッキーや水筒を出して、きれいにならべました。

「いただきまーす。」

姉妹は、仲良く食べ始めました。するとだんだん、いい香りがしてきます。クレアとリリーのところまで、風が美味しそうな香りを、運んできたのです。

「ねえ、リリー、あれは何かしら？ 四角くて白いもので、黄色とか赤とか緑色の何かを、はさんであるみたいだけど。きっと、すごく美味しいのね。私、あれが何なのか、どうしても気になる。」

「クレア、あれは『サンドウィッチ』だわ。人間は出かける時に、サンドウィッチをお弁当に持って行くみたい。」

「ふーん、なるほど。『サンドウィッチ』っていうのねえ。リリーが知っていてよかった。それで、どんなものなの？」

「あの、白くて四角いものは、パンよ。パンはそのまま食べると、ふんわりしているの。とても柔らかくて、指で押したら潰れちゃうくらい。でも焼いたら、きつね色になって、噛んだ時にカリっとするの。パンを焼いていると、とても香ばしくて、美味しそうな香りがしてくる。今すぐに食べたいって、思っちゃうくらい。人間は、焼いて食べることもあるみたいよ。パンにはさんであるのは、レタス、トマト、ベーコンやハム。黄色いものは、きっと卵だわ。自分の好きなものを、何でも自由にはさんで作るのよ。だけど、もしも好きなものを、全部入れたとしたら……すごく厚いサンドウィッチができちゃうわ。そうしたら、どうやって口に入れるのかしら？　ねえ、クレアはどうやって食べると思う？」

リリーはクレアが、熱心に質問してくるので、自分が覚えていたことを、細かく丁寧に説明しました。そしてクレアも、リリーの説明を、真剣に聞きました。もうすっかり、クレアの頭の中は、サンドウィッチのことで、いっぱいになっています。ですから、せっかくリリーが、「すごく厚いサンドウィッチ」について、クレアに話しかけているのに、ひと言も答えられませんでした。

「ねえ、クレア。クレアったら、どうしたの？　急に黙り込んで、それに怖い顔してる……。私、何かおかしなことを、言ったのかしら?」

「そうじゃないの、とってもよくわかったわ。ありがとうリリー。私ね、サンドウィッチの味が知りたくなって、どんな味なのか、考えていただけよ。そうだ! リリーは食べた事はある? どんな味がした?」

「一回だけあるわ。おばあちゃんが生きていた頃だから、ずいぶん前のことだけど……。えーっと、パンがふんわりして、中身のレタスがシャキシャキして、ハムがしっとりしてた。噛んでいると全部の味が混ざって、どんどん美味しくなるって思ったわ。」

その話を聞いていると、クレアはリリーのことが、うらやましくなってきました。

「いいなあ、私もほんの少しだけでいいから、どんな味がするのか食べてみたいな。」

クレアはそう言って、桃色にキラキラ光るリリーの羽を、ぼんやりと見つめていました。そして、とうとうクレアは、恐ろしいことを考え始めました。「あのサンドウィッチを、どうにかして持ってくることはできないか。」ということです。リリーは、そんなことなど知らずに、姉妹が仲良く、お昼を食べているところを見ています。その時、妹がバスケットのふたを開けて、中をのぞいて言いました。

「あっ、お姉ちゃん、これを忘れてたわ。ほら、アップルパイよ。」

　妹は大事そうに、パイの包みを取り出しました。

「そうだわ、お母さんが得意なアップルパイだから、思い出してよかったね。食べ忘れて持って帰ったら、お母さんがすごくがっかりしちゃう。思い出してくれて、ありがとう。」

　妹が、アップルパイの包みを、丁寧に開けるところを見て、お姉さんが言いました。そして妹は、バスケットのふたを、閉め忘れています。すぐにクレアは、まだふたが開いていることに、気が付きました。そしてとうとう、我慢ができなくなったクレアは、リリーに言い出しました。

「ほら、見て見て！　バスケットのふたが、開いたままになってるわ。私、急いで飛んで行って、一切れだけもらってくるから、ここで待っていて。」

「そんなことだめよ！　クレア、お願いだから、危ないことはやめて。」

「大丈夫、すぐにもどってくるから、ここで見ていてよ。」

「でも、もしも中にいる時に、ふたが閉まったら、帰れなくなるわ。怖くて見てなんかいられない。」

「リリーったら、大げさなことばかり言うのね。そんなに心配しなくても、私は平気よ。全然怖くないし、絶対にもどってくるってば。」

クレアは、リリーがどんなに止めても、言うことを聞いてくれません。

「……わかったわ、クレア。どうしても行くなら、私もついて行く。」

「いいわよ、じゃあ早く、一緒に行きましょう。」

リリーは、本当にクレアが心配で、つい「自分もついて行く」と、言ってしまいました。けれども怖くて怖くて、手も足も震えています。でも、今さら「怖い」とは言えません。迷っている時間もありません。リリーは、クレアと手をつなぎ、思いっきり羽に力を入れて、枝から飛び立ちました。

バスケットの中に着きました。入ってみると、外から見るよりもずっと、深くて、暗くて、怖いところです。「いますぐここから出たい！」と、リリーは思いました。体がゾクッとして、寒くなってきます。「一人で平気！」と、言っていたクレアでさえ、すっかり怯えた顔に変わっています。それに、サンドウィッチは大きくて、枝から見た時の、三倍か、四倍はあるでしょう。二人で持ち出すことなど、できそうにありません。

「クレア、これは私たちの力では、とても無理じゃないかしら？　だからもういいでしょう。さあ、今のうちに、早く外に出ましょう。お願いよクレア、お願い。」

「いいえ、せっかくここまで来たのに。私はまだもどらない。いいことを思いついたの。運べないなら、この中で食べればいいのよ。だからリリーは先に外へ出て。」

「そんな、だめよ。そんなことできない。それじゃ私もここにいる。クレアを待って、二人でもどるわ。」

リリーはどうしても、クレアを残して自分が先に行くなんて、不安でたまりません。クレアも、リリーが自分のことを、とても心配していることは、よくわかっていました。だからと言って、ここで諦めるなんて、絶対に嫌だったのです。そして、とうとうクレアは、サンドウィッチをひと口かじって、ゆっくりと噛んでみました。「なんて美味しいのかしら。リリーが教えてくれた通りだわ。」と、思いました。その美味しさは、今すぐ青空に向かって、飛び出したいくらいです。リリーは、そんなクレアを見て、「怖くて嫌だったけど、やっぱり一緒にきてよかった。」そう思っていました。その時です！

「あら、バスケットのふたが、開いたままだわ。虫が入ったら嫌だから、閉めておかなくちゃだめよ。」

「あっ、本当だ。ふたを閉めるのを忘れてた。ごめんなさい、お姉ちゃん。」

姉妹の話を聞いて、クレアとリリーは、大慌てでバスケットから飛び立ちました。クレアはすぐに、外へ出られました。ところが、リリーのスカートが、バスケットの端に、引っかかってしまったのです。

「あっ！　クレア待って！　スカートが……。」

クレアがその声に振り向くと、リリーが必死にスカートを、引っ張っています。でも、なかなか外れません。そしてクレアが、すぐに助けに戻ろうとしたその時です。太陽をかくしていた雲が、風に流されて行きました。すると、太陽の光に包まれたリリーの羽が、いつものように、キラキラと輝いたのです。リリーのきれいな桃色の羽を見て、クレアは急に、嫌な気分になってきました。「せっかく、外に出られたのに。まったくもう、なにをしているのかしら。あの子が勝手に、私について来たんじゃない。自分でどうにかすればいいわ。」そんな、いじわるなことを、考えてしまったのです。「リリーをすぐに助けなければ危ない」ということは、よくわかっています。それなのにどうして、こんな気持ちになるのか、クレアは自分でもよくわかりませんでした。

「クレア、どうしたの？　怖いわ、早く来て！」

リリーが泣きながら、クレアを呼んでいます。その声を聞いたクレアが、急いでバスケットの中へ戻ろうとしたその時、妹がバスケットのふたをパタンと閉めました。助けに行くのが遅かったのです。とうとうリリーは、バスケットの中に、閉じ込められてしまいました。薄暗いバスケットの中は不気味で、ひとりぼっちのリリーは、怖くて震えていました。もう、どうすることもできません。ただ、リリーが流した涙が、汚れたスカートに落ちるだけでした。しばらくすると、外からクレアの声が聞こえてきます。

「リリー、ごめんなさい。あんなにやめるように、言ってくれたのに。私が全然、言うことを聞かなかったせいだわ。すぐに助けるから、待ってて！」

「クレアお願い、早くここから出して。すごく怖いわ。」

リリーは泣きながら、やっと小さな声で返事をしました。

「私がすぐに、リリーを助けに行っていれば、間に合ったのに。」

クレアは後悔しながら、バスケットのふたを、力いっぱい持ち上げようとしました。けれど、少しも開きません。妖精一人の力では、どう頑張っても無理です。

「やっぱりだめだわ。早くリリーを助けないと、人間と一緒に森から出で行ってしまう。」

　クレアは、もしもリリーが、森から出てしまったらどうなるのか……。体中が冷たくなってきました。妖精は森から離れると、だんだん弱って消えてしまうからです。自分のせいで、友達が死んでしまうかもしれないのです。クレアは大急ぎで、助けを呼びに行くことにしました。

「リリー、聞こえる？　私だけの力じゃどうしても無理だから、みんなを呼んでくる。あと少しだけ、我慢しててね。大丈夫？」

「うん、わかった、頑張るわ。でも急いで来てね、ここは本当にすごく怖いのよ。」

「わかった、待ってて！　じゃあ、行ってくる！」

　そう言ってクレアは、助けを呼びに力いっぱい飛んで行きました。すると湖のまわりで追いかけっこをしていた、四人の妖精たちを見つけました。そして、できる限りの、大きな声で言いました。

「ねえみんな、リリーが大変なの！　すぐ一緒にきて、早く早く、こっちよ。」

　男の子二人と女の子二人、四人の妖精たちは、目を丸くしています。「いったい何があったのだろう」と、思いました。ですがクレアは、ハアハアと激しく息をして叫んでいます。ですからみんなは何も聞かずに、クレアについて行きました。

　ものすごい速さで飛んで行く、クレアを追いかけて、みんなはリリーの待つ場所に、やっと着きました。ところが、さっきまでいたはずの、姉妹がいません。リリーが閉じ込められている、バスケットも無くなっています。悲しいことにリリーは、姉妹のバスケットに入ったまま、森を離れてしまったのです。心配していた怖ろしいことが、クレアではなく、リリーに起きてしまいました。クレアは、自分のわがままのせいで、いちばん仲良しのリリーに、大変なことをしてしまいました。

「ねえクレア、リリーはどこ？　誰もいないみたいだ。」

　年上の妖精の男の子、アーロンが、クレアに聞きました。

「もうだめだわ、間に合わなかった。私が悪いの、私がわがままを言ったから、リリーが……。」

　クレアは泣きながら、リリーがどうなったのかを、みんなに説明しました。

「クレア、君は何ていうことをしたんだ！　森から出でしまったら、リリーがどうなるのか、君も知ってるはずだろう？」

　アーロンは怒って、クレアをじっと見ています。他のみんなも、まさかこんなことが起きているなんて、考えもしませんでした。妖精たちは、悲しい気持ちでいっぱいになり、泣き出す子もいました。リリーがいなくなったなんて、信じたくありません。いったい今、リリーはどうしているのでしょう？　森を離れて弱ってしまって、誰かが助けに来るのを、今も待っているかもしれません。それとも残念ですが、もう死んでしまったかもしれません。

「さあみんな、ここで泣いていても、仕方がない。つらいけれど、早く帰ってモニカに知らせなくては。」

モニカは、森でいちばん年上の、女の妖精です。ほかの妖精たちは、モニカをとても、尊敬していました。それは、なぜかというと、困ったことがおきた時は、モニカに相談します。必ず、何かいい方法を、考えてくれるからです。アーロンが、みんなに声を掛けると、妖精たちは黙って首を縦にふりました。もう泣くのをやめて、リリーがいなくなったことを、知らせるために、モニカのところへ飛んで行きました。クレアはみんなの後から、少し離れてついて行きました。

アーロンとクレアは、モニカを探しました。すると、大きなハシバミの樹の枝に座って、編み物をしているモニカを見つけました。アーロンとクレアから、リリーがいなくなったことを聞きながら、モニカは静かに瞳を閉じていました。話が終わると、小さなため息をついてから、アーロンに言いました。

「アーロン、大変だったでしょう。すぐに私に、知らせてくれてありがとう。これから、クレアと二人だけで、少し話そうと思います。向こうで、小さい子たちの様子を、見ていてくれますか？よろしくたのみますね。」

「わかりました、モニカ。それでは、僕はもう行きます。」

クレアはモニカと、二人だけになりました。そして、下を向いたまま、「きっとこれから、たくさん叱られるわ。私はリリーに、ひどいことをしたんだもの。」と、考えていました。クレアはどうしても、モニカの顔を見ることができません。自分をじっと見ているだけで、何も話さないモニカが、怖かったからです。すると、しばらく黙っていたモニカが、クレアに質問しました。

「クレア、今あなたは、どんな気持ちですか？」

「はい……とてもつらくて、悲しい気持ちです。大変なことをしてしまって、どうすればいいのか、わかりません。」

クレアは小さな声で、やっとそれだけ答えました。

「わかりました。では、人間のバスケットの中に、閉じ込められたリリーは、どんな気持ちだったと思いますか？」

「はい、あのう、リリーはとても怖がっていて、早く助けてと私に……。」

クレアは、リリーがどんなに怖がっていたのか、思い出しました。そしてもう、何も言えなくなりました。自分を呼ぶリリーの声が、今も遠くから、聞こえてくるようです。おとなしくて、優しくて、いろいろなことを教えてくれたリリー。いつもいっしょに遊んでいた、大好きなリリー。それなのにクレアは、リリーを死なせてしまったのです。

「モニカ、お願いです。リリーを助ける方法を、教えてください。私はどんなことでもしますから、どうかお願いします。」

「クレア、残念ですが、リリーを助ける方法はありません。」

クレアはその言葉を聞いて、「きっとモニカなら、どうにかしてくれるわ。」と、思い込んでいた自分が、間違っていたと、初めて気が付きました。それからクレアは、いつまでもハシバミの枝に座り込んで、泣いていました。モニカは、泣き続けるクレアを見て、「これから、クレアをどうするか、早く決めなければいけない。」と、考えていました。それは、リリーがクレアのせいで、死んでしまったので、森中が大騒ぎになるからです。クレアが、このまま妖精の森で暮らすことは、誰も赦さないでしょう。

モニカはクレアを、この森から出て行かせると、決めました。そして、ここから遠いところにある、妖精が誰も住んでいない大きな森で、一人で暮らすように言いました。ですがモニカは、クレアを追い出すことだけを、決めた訳ではありません。いつか、クレアがこの森へ帰る時のことも、きちんと考えていました。妖精の仲間たちが、悲しい気持ちから、元気を取り戻すまでには、たくさんの時間がかかるでしょう。それから、クレアには、深く考えなければならない、大切なことがあります。「どうして自分が、リリーを死なせることになってしまったか。」に、ついてです。そういう理由から、モニカは、クレアがいつの日か、ここに帰るために、ある条件を決めました。クレアが一人で、遠くの森で暮らす間に、人間と友達になることです。でも、ただ仲良くなるだけでは、だめなのです。五年の間「クレアは大切で大好きな友達」と、思い続けてもらわなければなりません。そしていずれ、人間にこの秘密を話さなくてはなりません。それでも変わらず、クレアを好きでいてくれる、とわかったその時、妖精たちの森に帰ることができる、という条件です。これはとても難しくて、永い永い時間がかかることでした。

クレアが広い森の中で、永い間たった一人で、暮らしているのは、どうしてなのか……。それは昔、こんなにも悲しい出来事が、あったからなのです。そして、いつかクレアは、ルークに自分の秘密を、全部話さなければなりません。全てを知った時、ルークはクレアを、変わらず好きでいてくれるでしょうか？　それとも友達を死なせるという、ひどいことをしたクレアを、嫌いになってしまうのでしょうか……。


「じゃあ、お母さん、行ってきます。」

「いってらっしゃい、学校に遅れないように帰るのよ。」

ソフィーに見送られて、今日もルークは、朝早くからクレアが待つ森へと、出かけて行きます。冷たい空気の中を歩いていると、だんだん指の先が痛くなってきました。「手袋をしてくればよかったなあ。」そんなことを考えて、ルークは、両手に白い息を何回もかけながら、急いで歩いていきます。ルークが十歳の時に、クレアと出逢ってから、もう四回目の冬がやってきました。美しい森で、クレアと過ごした、「楽しい時の流れ」は、ルークにとっては、実際よりも「速く流れている」ような気がします。来年の春、ルークは、十五歳になります。そして夏が来たら、とうとう五年が経つのです。クレアは、あともう少しで、妖精たちが住む森へ、帰れるかもしれません。

「ルーク、おはよう！　ほら見て見て、こっちよ。」

「おはようクレア、今日はそんなところにいたんだね。」

クレアはクヌギの枝に、片手でぶらさがっていました。ルークをびっくりさせて、ニコニコしています。クレアは、初めて逢った頃よりも、ずっと元気で、明るくなりました。いつもルークを笑わせたり、驚かせたりして、楽しそうにしています。きっと、本当のクレアは、元気で明るい女の子なのでしょう。

「クレア、そこにいつまで、ぶらさがってるつもり？　ほら、もうおりておいで。」

ルークはクレアの前に、両方の手をそっと差し出しました。すぐにクレアは、ルークの手のひらに、枝からピョンとおりてきます。「ああ、なんて軽いんだろう。風に散った花びらが、僕の手に乗ったみたいだ。」クレアが、自分の手の上にいる時、ルークはいつもそう思います。

「ねえ、ルーク。今日はこの前の続きを、読んでくれるんでしょう。私、すごく楽しみに待っていたの。そうだ、本は忘れてない？」

クレアはルークの近くを、クルクルと飛びまわって、話しかけてきます。元気いっぱいで、すごい速さなので、ルークは頭がクラクラしてきました。そこで、こう言ってみます。

「あっ！　そうだ、いけない。僕、本を持ってくるのを、忘れちゃったよ。」

「そんな……がっかりだわ。なんて残念なの。」

すっかり静かになったクレアは、ルークの肩に座りました。

「あれっ？　ちょっと待って、これはなんだろう。」

ルークは、少しだけ忘れたふりをして、ポケットに手を入れると、クレアの目の前に、本を出しました。

「まあ！　私をだましたのね。ひどいわ、本当にがっかりしていたのよ。」

「だってさ、あんなに僕のそばを、飛び回るから、目が回ったんだ。だから僕も、クレアの真似をして、少し驚かせようと思っただけだよ。そんなに怒らないでクレア、ごめんね。」

二人はいつも通り、仲良く過ごしています。でも、クレアの頭の中は、「もうすぐ、みんなのところへ、帰れるかもしれない。」それだけで、いっぱいでした。妖精たちの森へ、いつか帰る日を信じて、永い間一人で暮らしてきたのです。「不安な気持ちを、ルークに話したいけど、今はまだ絶対に、言ってはいけないわ。」クレアはこの頃、ルークに逢うと、いつもそればかり考えています。すると息が苦しいし、嫌な気分になって、胸がドキドキしてきます。どうすればいいのか、わかりません。ですからクレアは、そんなつらい気持ちを、少しでも忘れたくなります。そのために、いつもより、もっと笑ったり、怒ったり、ふざけたりするのでした。

ある日、ルークが学校から帰って、コートに付いた雪を、はらっている時のことです。ソフィーがルークに言いました。

「ルーク、お帰りなさい。明日はお店が休みだから、いつもならお菓子作りを、教える日なのよ。でもね、ルークに聞いてほしい話があるの。とても大切なことだから、丁寧に話したいし、しっかりと聞いてほしいの。だから、今週はお休みにして、また来週やりましょう。それから明日は、学校から帰ったら、家にいてちょうだいね。」

「えっ？　はい、お母さん。」

アランが死んでしまった後、ルークはソフィーにケーキやクッキーの作り方を、習っていました。一週間に一回お店が休みの日に、毎週必ず教えてもらうのです。チョコレートケーキや、マドレーヌや、他にも幾つか、ルーク一人でも、作れるようになりました。それなのに、休むなんて、初めてのことです。ルークは、不思議だと思いました。それに、いったいどんな話なのか、とても気になりました。

次の日は、朝からずっと雨が降っていて、一日中灰色の雲が青い空を隠していました。ルークが学校から帰ると、ソフィーが焼きたてのスコーンを、オーブンから出しているところでした。ルークは、大好きなスコーンの香りで、急にお腹がすいてきました。

「あら、ルーク、お帰りなさい。たった今できたところよ。早く手を洗ってきて、一緒に焼き立てを食べましょう。」

「ただいま、お母さん。すごくいい香りだね。」

ルークが急いで手を洗ってくると、テーブルには焼き立てのスコーンと、やまぶどうのジャム、温かいミルクティーが並んでいます。冷たい雨の中を、歩いてきたルークの体は、すっかり凍えていました。ですから、テーブルの上を見るだけでも、体が温まるようでした。

「うわあ！　美味しそうだね。いただきます。」

ルークは嬉しそうに、やまぶどうのジャムを、スコーンにたっぷりとのせています。ソフィーは、ルークの無邪気な横顔を見て、「まあこの子、小さい頃と同じ顔をしてるわ。」と思いました。

アランがまだ生きていた時、三人でスコーンを食べたことを、思い出していました。

「どうしたの？　お母さん。ほら早くここに座って、いっしょに食べようよ。」

「ええ、せっかく焼き立てなのに、冷めちゃうわね。」

　今日はアランもここにいて、「とても大切なこと」を、ゆっくりと丁寧に、話すはずでした。ソフィーは自分一人で、きちんとルークに説明できるかどうか、自信がありません。でも、お砂糖を入れたミルクティーを、少しずつ飲んでいるうちに、だんだん気持ちが落ち着いてきました。

「ねえ、ルーク。昨日言ったとても大切なことをこれから話すから、しっかり聞いてほしいの。」

「ちゃんと聞くから大丈夫だよ、早く話して。僕さ、昨日からすごく、気になってるんだ。いったい、どんなことなんだろうってさ。」

「……あのね、ルークは、アランと私との間に生まれた子ではないの。ここから遠くにある、『キャメロット』という国に住む、本当のお父さんとお母さんから、ルークがまだ赤ちゃんの時に預かったのよ。ルークが十五歳になるまで、私とアランで育ててほしいと、頼まれたの。」

「えっ？　どういうこと。なにを言っているの、お母さん。そんなこと、あるはずないよ。だって僕は、お父さんにそっくりだねって、みんなに言われてたじゃないか。」

「ええ、そうね。ルークは誰が見ても、アランに似ていると思うわ。だけど……」

そう答えるソフィーの頬には、涙がひと粒流れています。ルークはその涙を見て、「信じたくないけど……だけど、本当のことなんだ。」と、はっきりわかりました。それでも、自分がアランとソフィーの子どもではないことが、どうしても信じられません。ソフィーは初めのうち、とてもつらそうにしていました。でもすぐに、真剣な顔に変わって、ルークを預かって育てた訳を、丁寧に説明しました。けれどもそれは、ルークが信じられないような、ことばかりでした。

ルークが生まれた国、「キャメロット」には、「カリバーン」という名前の剣がありました。それは人々を苦しめる、呪われたドラゴンたちから国を守るために、湖の女神が王様に授けたものでした。どんなに悪く、強い相手でも、勝つことができる、魔法の剣です。ですが、カリバーンは、誰にでも使えるものではなく、使う人間を選ぶのです。心から人々の幸せを願い、戦う強さと、傷付いた者を思う優しさ、その両方を持つ人間が持たなければ、力を見せません。キャメロットの人々は、遠い昔から魔法の剣の使い手である、「伝説の勇者」によって、ドラゴンから守られてきました。そしてルークは、魔法の剣「カリバーン」を受け継ぐ者、「伝説の勇者」だったのです。剣を受け継ぐ者は、生まれるとすぐに、子どもがいない夫婦に預けられます。アランとソフィーも、永い間、子どもがいませんでした。ですから、ルークを育てることになった時、二人とも夢のように嬉しかったのです。しかし同時に、とても心配なことがありました。剣が魔法の力を見せるよう、「強さと優しさ」、両方を持つ人間に、育てなければなりません。アランが心臓の病気で、死んでしまって、ソフィー一人になった時は、どうしようもなく、心細くなりました。本当に自分だけの力で、ルークを育てていけるのか、不安でしかたがありませんでした。そしてルークが、十五歳になったら、本当のことを話さなければなりません。一人で、キャメロットに旅立たせる、という約束になっていました。カリバーンを受け継いで、人々を守る使命のために、ソフィーは愛するルークを、送り出さなければなりません。もうすぐ、白い冬が過ぎて、暖かい春の光に包まれる日が、やってくるでしょう。そして、たくさんの花が咲き、森が緑の葉でいっぱいになる頃には、ソフィーとルークは別れなければなりません。「とても大切なこと」を、ルークに全部話し終わったソフィーの顔は、ひどく疲れているようでした。

ミルクティーを飲みながら、夢中でスコーンを食べていたルークは、すぐに味がわからなくなっていました。ソフィーの言うことは、驚くことばかりです。こんなに大きな秘密が、自分にあったなんて、ルークはどうすればいいのか、わらなくなりました。「目の前に座っているソフィーは、本当のお母さんではないのか。死んでしまったアランは、お父さんではなかったなんて。僕が『魔法の剣』を受け継ぐ者って、急にそんなこと言われても……。まるで、小さい頃に読んだ絵本、『聖なる伝説の勇者』の物語みたいだ。それに僕が生まれた国は、『キャメロット』だったのか。あんなに遠い国へ、一人で行くなんて、無理に決まってるよ。」ルークの頭の中では、色々な思いがグルグルと回り始めます。これから自分が、どうなるのか怖くなってきました。天国のアランに、「お父さん、助けて！　お父さん。」と、心の中で呼びかけました。ソフィーは、不安そうなルークを、抱きしめたくなりましたが、どうしてもできません。「本当の母親ではないと知った今、もし、抱きしめたりしたら、ルークはどう思うかわからない。」ソフィーは、一回考え始めると、自分がどうするべきか、わからなくなりました。二人とも、何も言わないまま、時間が通り過ぎて行きます。風と雨が暗闇の中で、硝子窓を叩く音が、響いてきます。壁に掛けてある時計の振り子が、「カチッ、コチッ、カチッ……」と、鳴っていて、二人は、時間の流れを感じていました。

夜の間降り続いた雨は、すっかり止んで、青い空が広がる、気持ちのいい朝がきました。ルークは昨日の夜、部屋でずっと泣いていました。どれくらい泣いていたのか、覚えていません。そしていつの間にか、そのまま眠ってしまったようです。たくさん泣いたせいでしょうか？頭が痛くて目が覚めました。「ああ、今日は雨が降っていないんだ。そうだ、クレアは今頃どうしているだろう。昨夜は冷たい雨で、凍えていたただろうな。」ルークは目覚めてすぐに、クレアのことを考えました。その後、「学校へ行く前に、早くお店の掃除をしなくちゃ！きっとお母さんはとっくに、朝ごはんを作っているだろうな。」ルークは大急ぎで着替えると、階段を下りて行きます。昨日の夜、ルークは泣いていました。それでも、いつもと変わらない、朝が始まりました。

昨夜ソフィーは、激しい雨の音を聞きながら、一晩中ルークのことを思って、少しも眠れませんでした。自分の部屋へ行ったルークが、どんな気持ちでいるのだろうと、どうしても心配だったのです。ですからいつも通り階段を下りてくる、ルークの足音が聞こえた時は、ホッとしました。もしかすると、自分の部屋から、何日も出てこないのではないか、そんな気がしていたのです。ルークがきちんと、いつもの時間に起きてきたので、「私も心配ばかりするのは、もうやめよう。」と、ソフィーは気持ちを切り替えました。そしていつも通り、ルークに声をかけました。

「ルーク、おはよう。昨日は眠れたかしら？　私は、雨の音がひどくて、よく眠れなかったわ。ああ、眠い……。」

「おはよう、お母さん。」

ソフィーは、大きなあくびをしています。

ルークは、眠そうなソフィーのために、コーヒーを入れてあげたくなりました。アランが生きていた頃、ソフィーとアランが、コーヒーを飲みながら、おしゃべりしている姿が、スーッと頭に浮かんだからです。

「ねえお母さん、僕がコーヒーを入れようか？」

「あら本当？　嬉しいわ、じゃあお願い。私よりも、ルークが入れてくれた方が、何倍も美味しいの。きっと、入れ方が上手なのね。」

ソフィーの喜ぶ顔を見て、ルークは早速、コーヒーを入れる準備を始めました。アランが、カップを温めている姿を、思い出しながら、「お母さんに、美味しいコーヒーを入れてあげよう。」と、真剣な顔になってきます。朝の光が一杯のキッチンには、コーヒーの香りと、ソフィーの微笑みが、ふんわりと広がってゆきました。

ルークが自分の自分の秘密について、全部を知ってから、魔法のように早い一週間が過ぎました。その間森には、一回も行っていません。クレアが元気でいるかどうか、とても気になるので、「明日は森へ行こう」と、思うのです。けれど朝になると、どうしても出かけるのが、嫌になってしまいます。クレアに逢えば必ず、自分が知った本当のことを、聞いてほしくなるでしょう。でもそれは、もうすぐクレアと、遠く離れてしまうと、伝えることになるからです。きっとクレアは、とても悲しむでしょう。そのことを考えると、どう話したらいいのか、ルークにはわらないのです。これはとても、不思議な偶然ですが、クレアもルークと同じことを、考えていました。自分が一人で、暮らしている訳を、ルークに話したら、妖精たちの森へ帰れないかもしれません。それだけではなく、もうルークとは、逢えなくなるかもしれないのです。クレアはどうしても、自分の秘密を話す勇気が、ありませんでした。クレアにとって、ルークに逢えないのは、本当に淋しいことです。けれど、今は逢えなくても、我慢するしかないと、思っていました。

昨日の夜は雪が降ったのでしょう。朝起きて外を見ると、少しだけ雪が残っています。「粉砂糖をかけたみたいだな。」と、ルークは思いました。ハーッと窓に息をかけ、白く曇った窓硝子に、「白い雪の粉砂糖で飾ったチョコレートケーキ」を、描いてみました。

「ルーク！　起きてる？」

ソフィーの声が、キッチンから聞こえてきます。ルークは、時間を忘れてしまうほど、夢中で窓硝子にケーキの絵を描いていました。もうこんな時間です。そろそろ着替えて、森へ行く用意をしなければなりません。

「起きてます！　お母さん。」

大きな声で返事をして、セーターを着ながら階段を下りて行きます。急いでキッチンに行くと、テーブルにはもう朝食が並んでいました。

「おはよう、お母さん。いただきます。」

「ルーク、おはよう。今日は森へ行くのよねえ？」

ポテトグラタンが口一杯で、返事ができないルークは、首を大きく縦に動かして答えました。

「ああよかった。今朝、お店に行ったら、プリムラがすっかりしおれていたの。だから、新しいお花が欲しいのよ。できれば、パンジーか、カメリアを飾りたいの。やっぱりお店には、お花が無いと淋しいわ。それにね、私のお店らしくないもの。」

「僕にまかせておいてよ。絶対に珍しい色のパンジーを、たくさん見つけてくるからね。」

ルークは、ソフィーにそう返事をした後、クレアに何と話せばいいのかを、ずっと考えていました。今日こそは、クレアに逢って、全部話そうと思っているのです。「クレアに、僕のことを説明するためには、まず、自分の気持ちを整理しなければいけない。」それはわかっていますけれど、次々に色々な気持ちが生まれてきて、考えがまとまりません。まるで、知らない場所で、道に迷ったように、不安で怖くて、ただ悲しくなるだけでした。「僕はいったいどうしたいのだろう……。自分のことなのに、全然わからない。」森へ向かう間、ルークの頭の中には、同じ言葉がグルグルと、回り続けています。澄み切った冬空から、降りそそぐ朝陽の中を、紺色のニット帽を深くかぶったルークは、森へ向かって歩いて行きました。

湖の近くまでくると、クレアがカメリアの樹の、低い枝にいるのを見つけました。ひざを立てて、そこに両手を乗せて、その上に顔を乗せていました。まるで、ダンゴ虫みたいに丸まっています。「あれ、変な恰好をしているなあ。」と、ルークは思わず笑ってしまいました。久しぶりに見るクレアの姿が、「ダンゴ虫」みたいだなんて、おもしろいですね。ルークの笑い声に気づいて、クレアが振り向きました。

「あっ、ルーク！　来てくれたのね。」

「クレア、おはよう。久しぶりだね、元気だった？」

二人はそれぞれに、どうすればいいのか、毎日考えていました。それはまるで、心に棘が刺さったように、チクチクと痛む日々でした。でも、そんな痛みはもう、冷たい風がどこかへ、吹き飛ばしてくれました。二人とも今は、嬉しい気持ちでいっぱいです。ルークとクレアは、しばらく逢えませんでした。でもそのおかげで、お互いがどんなに大切な友達なのか、今はっきりとわかったのです。「本当のことを正直に、みんな話そう。」二人とも自然と、そう思っていました。たくさん考えて、苦しかった毎日が、今ようやく終わろうとしています。

「あのね、ルーク。私、今日はどうしても、雪で遊びたい。」

「そうかあ。でもさ、雪がこれしか無いよ。こんなに少ない雪で何をしようか？」

「そうだっ！　雪だるまをつくりましょう。小さいのだったらできるわ。」

「去年の冬も、その前の冬にもやったよ。クレアは、雪だるまを作るのが、そんなに好き？」

「大好き！雪を見ると毎年、やりたくなるの。だって、一年に一回だけなのよ、ねえいいでしょう。」

「ルークと一緒に、雪だるまを作るのは、これが最後かもしれないわ……。」クレアは、淋しい気持ちを我慢しました。そしてもう、雪で丸いかたまりを、ひとつ作っています。でもクレアが、どんなに頑張っても、とても小さいものしかできません。ルークの小指くらいの、クレアが作るのですから、これ以上に大きくするのは、無理でしょう。

「これじゃ小さいから、僕が転がして、大きくするよ。ちょうどいい大きさの、雪のボールを作ってあげるね。そうだ、目と口と鼻をつけるから、小石と枝を探してきて。」

「うん、わかった！」

クレアは、真剣な顔で返事をすると、小石と枝を探しに、飛んでいきました。

ルークが雪のボールを転がすと、すぐにスイカくらいの大きさになりました。これならちょうど良い大きさの、雪だるまができそうです。そのうち、昨日積もった雪が無くなって、地面が見えてきました。そして、とうとう真っ白な雪のボールが、三個できあがりました。泥で汚れないように気を付けて、ルークは雪で作ったボールを重ねていきます。雪だるまができ上がったら、きっとクレアは瞳をキラキラさせて、喜ぶことでしょう。その後クレアが、あちこちから集めてきた、枝と小石で、顔に目と鼻と口を付けます。ようやく雪だるまが、できあがりました。小さい目、少し曲がった口、丸い鼻……。これは、かわいいというよりも、怒っているような顔です。ルークとクレアは、雪だるまの顔を見て、思わず笑い出しました。久しぶりに、クレアの笑い声を聞いて、ルークは本当に楽しくなりました。「クレアと一緒にいる時、僕はこんなに、幸せな気持ちになれる。でも、あと何回逢えるのかな。」ルークは、春がきたら十五歳になり、クレアと別れる時が来るのです。クレアも夏が近づいたら、妖精たちの森へ、帰るかもしれません。

ルークはクレアとの別れを、ぼんやり考えていました。

「ねえ、見て、どうかしら?」

するといつの間にか、クレアは雪だるまの頭に乗って、羽をパタパタさせながら、ポーズをとっています。

「わあ、すごくいいねえ! たいへんお似合いでございます、お姫様。」

ところが、ふざけているルークを、じっと見つめるクレアの顔が、暗くなっています。

「ねえ、ルーク、今日は私……。」

クレアは、そこまで言いかけると、急に黙ってしまいました。ついさっきまで、笑っていたはずなのに、突然どうしたというのでしょう。

「ここにおいで、はやくおいで、クレア。」

驚いたルークが、クレアに両手を近づけると、ふんわりと静かに、クレアが手に乗ってきました。ルークを見上げる瞳は、涙でいっぱいになっています。クレアは、自分の悲しい秘密を隠したまま、明るい顔をしていることは、もうできませんでした。ルークは、座れるところがないか、急いでその辺りを探します。すると、太い樹の根が、地面から盛り上がっていました。ルークは、雪を払って、ゆっくりと座りました。泣いているクレアを、優しく膝の上に降ろすと、静かにこう言いました。

「急に泣いたりして、どうしたの？　ねえ、クレア、僕が来ない間に、怖い思いをしたの？　それともすごく、淋しかったから？　何でもいいから、話してごらんよ。」

クレアは、ただ泣いているだけで、何も答えません。たくさんたくさん、涙が流れてきます。ルークはこれ以上、話しかけるのはやめました。何も言わずに、クレアの背中を、そっと撫でていました。

「私、ルークに嫌われちゃうかもしれない。だって……本当は私、すごく悪いことをしたの。だからここで、一人で……。」

やっと泣き止んだクレアが、小さな声で話し始めました。とうとう、たった一人で、この森に住んでいる理由を、ルークに全部話しました。もしもこれで、妖精たちの森へ、帰ることもできず、ルークにも逢えなくなってしまったら……。クレアは、いつまでもここで、一人で暮らさなければなりません。本当のことを知ったルークは、クレアをどう思うのでしょうか。リリーにひどいことをしたクレアを、嫌いになるかもしれません。けれども今まで通り、友達でいてくれるかもしれません。

「クレア……ずいぶん永い間、一人ぼっちでいたんだね。淋しかっただろう。」

ルークの最初の言葉は、あまりにも優しくて、怖いくらいでした。クレアは、もっと厳しいことを言われると、覚悟していました。ですから、思いもよらないルークの言葉に、とても驚きました。

「お友達のことは、確かにクレアが悪いと思う。クレアの、自分勝手な思いつきのせいで、仲の良い友達を、死なせてしまうなんて。そんなひどいこと、どんな理由があっても絶対に赦されない。でも、まさか、そんなことになるとは、思わなかったんだよね？　わざとひどいことを、したわけじゃないよね。」

「ええ、そうなの。リリーのことは、モニカが必ず、助けてくれると思っていたわ。私がわがままを言って、リリーが止めるのを聞かなかったの。悪いのは私なのに、大好きなリリーは、もうどこにもいないわ。たくさん一緒に遊んだリリーは、私が殺してしまったのよ。」

クレアは、自分のしたことを、涙を流してルークに説明しました。「きっと、悲しみと淋しさが、茨みたいに絡み合って、クレアの体を、締め付けているに違いない。」そう思ったルークは、苦しそうに話すクレアを見て、自分もつらくなりました。

「よく聞いて、クレア。僕が知っているクレアは、リリーにひどいことをした時とは、違うと思う。僕はクレアといる時、本当に楽しくて、幸せな気持ちになれるんだ。リリーの話を聞いて、クレアにとてもつらいことがあったと知った。とてもびっくりしたよ。僕も、お父さんが死んでしまった時、悲しくて淋しくて、本当につらかった。でも僕は、クレアを嫌いになったりしない。だって妖精のクレアに逢えたから、友達になれたから、僕は元気になれたんだ。クレアのおかげだよ。」

「えっ、あのう、ルーク……。そんな風に言ってくれるなんて、思わなかった。ほんとうなの？

リリーを死なせてしまった私を、嫌いにならないの？」

「本当だよ、嫌いになんかならないさ。だってクレアは、僕が十歳の頃から、ずっと一緒に過ごしてきた、たった一人の妖精の友達だよ。だから、安心してクレア、もう泣かないで。」

クレアには、ルークの言葉が、どんなに嬉しかったことでしょう。真っ暗な部屋に、一人ぼっちで、何年も閉じ込められたように、暮らしてきました。それがとうとう、ドアを開ける音が聞こえ、もう少しで、外へ出られることになったのです。春が過ぎて夏が近付き、森に美しい緑が広がる頃には、クレアは妖精たちの森へ帰れるのです。モニカとアーロンは、元気でしょうか？　友達だった妖精たちは、また一緒に遊んでくれるといいのですが、それはどうなるかわかりません。ほかの妖精たちからは、今でも憎まれているかもしれません。けれどクレアは、「どんなに嫌なことがあっても、みんなのところへ帰りたい。」と、強く思っていました。

「ルーク、ありがとう。私……あのう、とっても嬉しいわ。夢みたい！」

クレアは大きな声で何回も、ルークに「ありがとう！」と、言いました。さっきまでクレアは、ルークの膝の上で、泣いていました。それが今は、ルークの右肩に飛んできたり、左の肩へ行ったりして、大はしゃぎです。もう、じっとしていられなくて、雪だるまのまわりを、クルクル飛び始めました。ルークは、その姿を見ていると、クレアと友達になれて、本当によかったと思いました。アランが死んでしまった時、森でクレアと遊んだおかげで、ルークは自然と元気になれました。クレアはリリーに、ひどいことをしたけれど、ルークを大きな悲しみから、助け出してくれたのです。それに、何年も一人ぼっちで、淋しく暮らしてきました。とても、大きな苦しみを味わったのです。ですから、これからはきっと、いいことが待っているでしょう。とても安心したルークは、自分のことを考えていました。毎日毎日たくさん迷って、考えても、わからなかった自分の気持ち。それがやっと今、はっきりした気がします。「クレアの願いが叶って、妖精たちの森へ帰れるなら、僕はキャメロットへ旅立とう。そして魔法の剣を受け継いで、国の人々を守るために、頑張ってみよう。」ルークは、自分にしかできないことを、やると決めました。さあ今度は、ルークがクレアに大切な話を、聞いてもらう番がきたようです。

「クレア！　ねえクレア！　こっちに来て。僕にも、聞いて欲しい話があるんだ。」

クレアは驚いて、くるっとこちらを振り向くと、急いでルークの方に飛んできます。

さっきの、大きな樹の根にルークが座ると、すぐにクレアが膝に乗って、ニコニコしています。

それは、いつもと変わらない、明るくて元気なクレアの微笑みでした。

「ねえクレア、僕はお母さんから、ある大切な話を聞いた。それはね、僕の重大な秘密だったよ。いったいどんな秘密かわかる？」

ルークは、まるでクイズを出すように、クレアに話します。

「僕は、アランとソフィーの、本当の子どもじゃなかった。『キャメロット』という国で、生まれてすぐに、本当の両親から預けられたんだ。その訳は僕が、魔法の剣、『カリバーン』を受け継ぐ勇者として、生まれたからなんだ。優しさと強さの両方を持つ『伝説の勇者』に成長するためだった。そして、十五歳になったらソフィーと別れて、一人でキャメロットへ帰らなければならない。でも、そうすると僕とクレアとは、遠く離れる日が来てしまう。だから、どうすればいいのか、何日も迷って、森へ来られなかった。一週間も、逢いに来なかったなんて、今まで一度も無かったよね。すごく淋しかっただろう。ごめんね、クレア。」

「まあ、そうだったの。信じられない。でも、本当のことなのね。驚いたわ、昔ルークが読んでくれた、『聖なる伝説の勇者』のお話みたい。」

クレアもルークの秘密が、「昔聞いた物語にそっくりだわ」と、思いました。クレアが妖精たちの森へ帰る時、ルークは一人で、キャメロットへ旅立つ。それは、とても不思議な偶然です。ルークとクレアは、これからそれぞれの世界へ向かい、進んで行くことでしょう。

「だから僕たちは、春が来たらお別れなんだ。すごく淋しいけど、きっと二人とも、幸せになれるって、僕は信じてる。」

「私も、妖精の森へ帰ったら、どうなるのか、心配だしとても怖いわ。だけど頑張ってみる。きっといいことも、たくさんあるはずよ。」

　それから二人は、雪にかくれた、色々なパンジーを探しながら、湖の周りをゆっくりと、散歩しました。時々、ルークの肩に乗ったクレアの、嬉しそうな笑い声が、聞こえてきます。仲良くおしゃべりしながら、パンジーを摘んでいる二人は、もう少しで離ればなれになるのです。今日も変わることなく、美しい湖には、二人の姿がくっきりと映っています。そして、青く澄んだ空には、太陽が黄金色の光を、広げていているのでした。

Ema

　夜が明ける前から、クレアはクヌギの枝に座って、東の空をじっと眺めていました。ルークがキャメロットへ旅立つ姿を見送って、三週間が過ぎようとしています。ルークに逢えなくなった日から、クレアはこうして、何回朝焼けを眺めたことでしょう。夜空が、少しずつ明るくなって、蜜柑色や桃色、灰色や水色が、溶け合う朝焼けは、本当に美しいものです。「もしかすると天国の空って、こんな風にきれいな色が、どこまでも広がっているのかしら。そうだわ、きっとリリーは、美しい天国で、幸せに暮らしている……。」誰かに教えられた訳ではありませんが、クレアは朝焼けを見ると、何となく、そう思っていました。これから、少しずつ緑が濃くなって、夏が近付く頃には、この森とお別れの日がやって来るでしょう。その日までクレアは、ここから見える、大好きな美しい朝焼けを、一回でも多く見ておきたかったのです。こうしていると、いろいろな出来事が、頭をよぎって行きます。永い間一人ぼっちで、淋しく苦しい思いで、過ごした毎日。リリーのことを考えては、いつも泣いていた自分。そして、ルークと友達になれて、楽しく遊んだ時間……。たくさんの思い出が、クレアの心の奥に広がってゆきました。それはまるで、数え切れない星たちが煌めく夜空を、静かに見上げているようです。悲しいことも嬉しいことも、今はみんな星空のように、美しく思えるのです。それにしても、なぜそんな風に思えるのでしょうか？　クレアにはどうしても、不思議でなりません。どんなに考えてみても、理由はわかりませんでした。

その頃妖精の森では、アーロンがクレアについて、モニカに詳しく報告していました。アーロンはモニカに頼まれて、時々こっそりと、クレアの住んでいる森へ行き、どんな様子で暮らしているのか、見守ってきたのです。昼も夜も、リリーのことを思っては、自分を責め続け、泣いていたクレア。妖精を見ることができる、ルークという少年と出逢って、二人の友情が五年間続いたこと。アーロンは今まで、クレアに起こった、色々な出来事を、ずっとモニカに、知らせてきました。そしてとうとう、クレアが妖精たちの森へ、帰れる時がきたのではないか、ということを、モニカに話しました。

「そうですか……。時間がかかりましたが、ようやくこの時が、来たのですね。本当によかった。クレアが、妖精を見ることができる人間と、出逢えるとは思っていました。けれど、仲良くなれたとしても、そこまで深い友情で結ばれることは、無理なのではないかと、諦めかけていたのです。それでは、これから少しずつ、クレアが帰ってくる準備を、しなければいけませんね。

けれど、みんながクレアを、喜んで受け入れてくれる、という訳にはいかないでしょう。アーロン、これからも、あなたの力を貸して下さいね。」

「はい、わかりました。僕は今まで通り、これからも、お力になります。」

「ありがとう。」

クレアについて、全て話し終わると、モニカの瞳には涙が光っていました。それに気が付いたアーロンは、たいへん驚きました。今まで、モニカが涙を浮かべたところなど、一度も見たことが無かったからです。

五年前、リリーが死んでしまった時のことでした。あの時でさえも、妖精の森の平和のためには、いったいどうすればいいかを、冷静に考え続けていました。そして、悲しみを表すことなど、決してありませんでした。どんなにたいへんな問題が起きた時でも、冷静だったはずのモニカが、涙を見せたのです。クレアのことを、モニカがどれほど心配していたのかを、アーロンはこの時初めて知りました。

森の樹々は、みんな元気いっぱいに、新しい葉を広げています。風に優しくゆられている、デイジーの花たちが、とても気持ちよさそうです。今日もクレアは、いつものように、クヌギの枝に座って朝焼けを眺めています。その後も、すっかり明るくなった空を、しばらく見ていました。すると、誰かがクレアの肩を、ポンポンとたたきました。びっくりして、振り向いてみると、なんとそこにいるのは、アーロンではありませんか！

「おはようクレア、本当に久しぶりだね。」

「アーロン……。信じられない、本当にあなたは、アーロンなの？」

クレアがここに来る前、最後に会った妖精は、アーロンでした。懐かしい声と、薄いむらさき色に輝く羽は、確かにアーロンです。

「当たり前じゃないか、クレア。偽物の僕なんか、いるはずないだろう。」

「ええ、そうよね。だけど、今日逢えるなんて、少しも思っていなかったから、びっくりしちゃったの。」

「そんなに驚かないで、クレア。ルークと友達になって、五年間仲良く過ごしたし、リリーのことを話しても、嫌われなかった。だから、やっとみんなのところへ、帰れるってことを、クレアがいちばん良く、わかってるはずだろう？」

アーロンの言うことは、何もかもその通りです。それにしても、なぜアーロンは、ルークと自分について、知っているのでしょうか？　クレアにはわかりませんでした。まるで、こっそりかくれて、自分のことを見ていたようだと、思いました。アーロンが、ずっと自分を見守っていたことを、クレアは知らなかったのですから。不思議そうなクレアを見ても、アーロンはただ嬉しそうに、微笑んでいるだけでした。

「それでね、どうして今日僕が、会いに来たのかわかる？」

「わからないわ、もしかすると、何かいい知らせがあるのかしら。だってアーロンは、ずっと嬉しそうにしているもの。」

「まあね、色々話すことがあるけれど……。でも僕は今、とっても嬉しいよ。」

「色々なことって何？　すごく気になるわ。」

　クレアは、突然逢いに来たアーロンが、何を言い出すのかと思うと、胸がドキドキしてきました。クレアの瞳には、もう涙が光っていました。そして、アーロンの様子を、不安そうに見つめています。アーロンは、しばらく黙っていましたが、まるで朝陽が射し込むような、温かい声で、話し始めました。

「あのね、クレアが妖精の森へ帰る日が、やっと決まったよ。今日僕は、そのことを伝えに来たのさ。五月の最後の日曜日だよ。モニカと僕と、他にも何人かの大人たちで、何日もかけて話し合って決めたんだ。」

アーロンの話を、聞き終わらないうちに、クレアの瞳からポロポロと涙がこぼれ、頬はすっかり濡れていました。アーロンは初め、今日いちばんの大ニュースを発表して、得意気な顔をしていました。けれども、クレアの涙を見て、ハッとしました。どれほど苦しい日々を、過ごして、クレアがこの日を待っていたのか、痛いほどわかったからです。そして気が付くと、アーロンの瞳は、涙でいっぱいになっていました。アーロンは、泣きじゃくるクレアの涙をそっと拭うと、涙ですっかり冷たくなった頬を、両手で温めてくれました。

アーロンが、クレアに伝えたことは、嬉しい知らせだけではありませんでした。妖精の森では、クレアが帰ってくることを、喜んでいる者ばかりではありません。クレアを、赦せないという者が、たくさんいるのです。「どうしてモニカは、リリーを殺したクレアを、この森に呼び戻すのだろう。そんなことは、絶対に認めない！」クレアを憎み嫌う者は、皆そう思っていました。モニカの所へ行って、直接不満を言う者もいました。それでもモニカは、クレアの孤独な暮らしや、後悔で泣き明かした年月について、時間をかけ丁寧に説明しました。そして、やっとモニカの気持ちが通じて、妖精たち全員が、クレアが戻ってくることに賛成しました。しかしそれは、表向きだけのことでした。クレアを憎んでいる妖精たちが、何人もいるのですから。中でも特に、ケイト、ポール、サムの三人は、心から賛成したわけでは無かったのです。実は三人とも、アーロンと一緒にリリーを助けに行った時の、妖精の仲間です。クレアが森に帰ることを、もう止めることはできない、と知って、三人の妖精たちは、すぐに違う方法を考え始めました。

月が雲に隠されて、森が暗闇に包まれる夜がきました。すると、クレアを憎む、三人の妖精たちは、皆が眠ったことを確かめます。そして、暗い森の秘密の場所に、こっそり集まって、話し合いを始めるのです。「森へ帰ってきたクレアを、苦しめるには、どうすればいいだろう？何か良い作戦はないか……。」と、明け方まで話し合いは続きます。ゾクッとするような、恐ろしい内容ばかりでした。

激しい大粒の雨が、ルークの疲れた体を、叩きつけていました。昼前から、雨は降り続いています。今朝出発した時は、青空に太陽が、眩しく輝いていました。「何て気持ちのいい朝だろう。」

爽やかな朝の空気に励まされるように、ルークは元気を出して出発しました。

ところが、暫く歩いていると、少しずつ灰色の雲が広がって、青空はすっかり見えなくなりました。そしてだんだん、薄暗くなったかと思うと、ポツン、ポツン……雨が降り始めました。ほとんど草の生えていない、土と石ころばかりの道を、大粒の雨が濡らしてゆきます。そのうちあちらこちらに、水たまりができてしまいました。これではますます、歩きにくくて、どうにもなりません。それでもルークは、何も気にせず歩き続けています。

「あっ！」

気が付くとルークは、大きな水たまりに、倒れていました。足元の石ころを踏んで、転んでしまったのです。かわいそうに、ルークの髪からは、泥水がポタポタ落ちてきました。

「……どうして僕は、こんなことをしなければならないんだ！」

思わずそう叫んだ、ルークの声は、激しい雨の音に、一瞬で打ち消されました。それは、ルークの叫びを、無視するかのようでした。その後、泥水の中から立ち上がったルークは、必死に心を鎮めようとしました。そして、自分の気持ちを、一つずつ静かに、思い返してみます。「こんなはずじゃない。僕は、伝説の勇者として、生まれたはずだ。だから、どんなに苦しい旅でも、必ずキャメロットへ辿りつく、と決めたのに。これくらいのことで、逃げ出したくなったりして、情けない。」あまりにも厳しい旅の途中で、ルークの心は弱り、体は疲れ果てていたのでしょう。たとえ少しでも、弱音を吐いた自分が嫌で、悔しくてたまりません。ルークは、「もっともっと強くなりたい、何が起きても絶対に負けたくない！」と、自分を強く励ますのでした。

気持ちを立て直すと、ぐっしょりと泥水で濡れた服を、ギューッと絞って、ルークは再び歩き出しました。キャメロットは、まだまだ遠く、このあたりで、やっと半分くらいでしょうか。何かを考える余裕も無く、ただ黙々と歩くルークの頭の中には、ふとソフィーの横顔が、浮かんできます。「お母さんは今、何をしているかな？　お店に立ちっぱなしで、お菓子を売っている頃だ。今日も楽しそうに、お客さんとおしゃべりしているかな。……お母さん。」ルークは、一人でお店を続けている、ソフィーのことを思っていました。きっと忙しくて、大変な毎日を、過ごしているのでしょう。まだ、ルークが小さかった頃、アランとルークと、ソフィーの三人で暮らしていた日々を、懐かしく思っているかもしれません。ソフィーのことを、考えているうちに、ルークには一つ、気付いたことがありました。それは、一人で何かをやり遂げることは、想像より何倍も難しい、ということです。

ルークは小さい頃から、アランが毎朝一人で、パンを何種類も焼いている様子を、見てきました。そして、ソフィーが一人で、ケーキや焼き菓子を、何十種類も作る姿も知っています。二人とも、疲れたとも言わず、ただ夢中で働いていました。そして今、ルーク自身が一人で、キャメロットを目指して、旅をしています。「お父さんもお母さんも、きっと毎日、大変だったに違いない。僕は、何もわからなくて、ただ楽しそうに、お店を続けているのだと、思っていた。」アランとソフィーには、「もう、お店をやめたい。」と、思うほど苦しいことや困ったことが、何回もあったことでしょう。けれどルークは、そんな様子を見たことも、感じたこともありませんでした。毎日、それぞれの仕事を、頑張っている姿しか、覚えていません。

ルークは、自分一人で旅をして、初めてアランとソフィーの、苦労を知りました。二人が、生き生きと働き、微笑み合う瞳の奥にあるもの。それは、ルークが知らなかった、何事にも負けない、「強い意志」だったのです。

クレアが妖精の森へ帰る日が、近付いています。初めのうちは、ただ嬉しい気持ちだけで、いっぱいでした。でも、この頃は少しずつ、不安になってきたのです。時々、クレアに逢いに来てくれるアーロンは、クレアの不安な気持ちに、気付いていました。

「おはよう！　クレア。今日は曇っていて、空が薄暗いね。雨が降るのかもしれないなあ。」

「おはようアーロン。今日は来てくれたのね。よかった……。」

　クレアは、アーロンの声を聞いて、ほっとしました。今朝目が覚めてから、一人でいるのが、とても淋しくて、怖かったからです。でも、クレアは今まで、何年もの間、一人ぼっちで暮らしてきました。それなのに、どうしたのでしょう？

「今日はずいぶん、元気がないなあ。ねえ、クレア、何か心配なことがあるの？」

「うーん、そういう訳じゃないけれど。この頃、淋しくなったり、怖くなったりするの。今までは、そんなことは無かったのに……。」

　クレアはそう言った後、黙ってしまいました。そしてアーロンは、何も答えずに、クレアが言ったことについて、じっと考えています。

「僕が最初に、クレアに会いに来た日のことを、覚えているだろう？　クレアが妖精の森に、帰って来ることを、喜んでいる者ばかりじゃないって、話したよね。」

「そうね、覚えているわ。だけど、それは当たり前のことだと、わかっていたはずなのに。」

「でもあの時は、妖精の森へ帰ると知って、嬉しさで胸がいっぱいだったよね。」

「ええ、確かにそうだわ。もしも夢なら、どうか覚めないで……。そう思ったわ。でも、アーロンが話してくれたことは、きちんと聞いていたわ。本当よ。」

「わかっているよ。だけど、あと少しで本当に帰ると思うと、楽しみだけじゃ無くなってきたのさ。妖精の森で、どんな毎日が待っているのか……。不安になって、悪いことばかりを、考えているんじゃないの？」

　確かに、アーロンの言う通りです。「どんなにつらいことがあっても、妖精の森に帰りたい。」クレアは、そう願い続けてきました。意地悪なことをされたり、誰にも相手にされなかったり、色々な苦労が待ち受けているのは、覚悟していたはずです。

「私、どんなことが起きても、帰りたいなんて言ったくせに、本当はそうじゃないんだわ。やっぱり怖くなったのよ。リリーにしたことを考えたら、毎日つらい暮らしになったとしても、当たり前なのに。私は、臆病で自分勝手だから、逃げ出したくなっただけだわ！」

　クレアは、小さな声ですが、はっきりと言いました。自分が嫌で、怒りが込み上げてきます。アーロンは、そんなクレアに、何と言ったらいいのか、すぐにはわかりませんでした。クレアがこんなに、自分自身を責めるとは、思っていなかったからです。

「クレア、大丈夫だから、落ちついて。未来のことは、誰にもわからないさ、そう思わないか？だから今は、自分を責めても、どうにもならない。それに僕は、君の気持ちを何もかも、理解することはできない。だけど、これだけは信じて。もしも、クレアが困ったときは、僕がいつでも、助けることはできる。だから、悪いことばかり考えるのは、もうやめよう。」

アーロンは、精一杯クレアを、元気付けようとしています。その時です、灰色の空の向こうから、何かが聞こえてきました。雷が近づいて来たのです。不気味に響く雷の音が、少しずつ大きくなってきました。「きっと雷が私を、責め立てているのよ。」クレアは、そう思い込んでいます。残念ですが、今のクレアの心に、アーロンの言葉が届くことは、ありませんでした。


ケイト、ポール、サムは、妖精の森を流れる、小川の近くにやってきました。今日のように、晴れた日には、小川に太陽の光が、差し込んできます。キラキラと輝く、水の流れは、とても美しいものです。ここは昔、ケイト、ポール、サム、そしてリリーとクレアも、一緒に遊んだ、お気に入りの場所でした。リリーが死んでしまった後も、時々三人で、この小川へ来ていました。

「もう、リリーには会えない、一緒に遊ぶこともできない……。」あの頃の三人には、リリーが死んでしまったことが、どうしても信じられませんでした。そんな時は、この小川へ来て、リリーと一緒に楽しく過ごした頃を、思い出していました。一緒に木の葉に乗って、小川の流れが急に速くなる、大きな段差ギリギリまで、飛び立つのを我慢します。怖がりのリリーは、いつもいちばん初めに、飛び立っていました。それに比べて、怖いもの知らずのクレアは、最後まで木の葉の上に、いることができました。リリーとの、楽しかった思い出は、他にもたくさんありました。大好きだった、リリーを思い出す時、同時にクレアへの憎しみは、どんどん大きくなってゆきました。そういう時は、三人とも、無口になってしまいました。皆が、同じ気持ちだからでしょう……。

ある朝、森中の妖精たちが、集まっていました。大勢の話し声で、とてもざわわしています。いつもなら、鳥たちが可愛らしくさえずり、木の葉が優しく触れ合う音が、聞こえてくるのです。けれども、そんな朝とは、全然違います。さあ、いったい、どうしたというのでしょう？　これからモニカが、森中の妖精たちを呼び集めて、とても大切な話をするようです。

「皆さん、今日は朝早くから集まってくれて、ありがとう。心からお礼を言います。」

モニカが、ひと言挨拶をすると、あちらこちらで、おしゃべりをしている妖精たちが、一瞬で静かになりました。辺りはすっかりシーンとして、緊張した空気に包まれています。そして、モニカが話し始めました。

「今日はこれから、クレアが帰ってきますね。皆さんがそれぞれ、色々な気持ちでいることは、私もよくわかっています。ですが今日は、どうか、クレアを穏やかに、迎えてほしいのです。」

モニカの言葉を聞いて、どこからか、ヒソヒソと話す声が、広がり始めました。しかしモニカは、何も気にしていません。

「クレアは、ここへ帰るために、努力を続けてきました。実はアーロンに頼んで、今までクレアの様子を、ずっと見守ってきたのです。昔、私がクレアに、ここへ帰るための条件を、幾つか言い渡してありました。大変厳しく、永い時間のかかる条件でした。そしてやはり、アーロンが伝えてくれる、クレアの生活ぶりは、つらく淋しい毎日でした。私が考えていたよりも、多くの苦しみを、経験していたのです。クレアは苦労を重ね、とうとう、その厳しい条件を、満たしました。」

ここまで、一気に話したモニカの瞳は、いつの間にか、涙でいっぱいになっています。そして、涙の雫がひと粒、こぼれ落ちました。「モニカが、モニカが泣いているなんて……。」ここにいる誰もが、そう思いました。妖精たちは今まで、モニカが涙を流しているところを、一度も見たことがありません。

「ですから皆さん、クレアをよろしくお願いしますね。最後まで聞いてくれて、ありがとう。」

モニカはそう言って、ゆっくりと、クローバーの葉に座りました。モニカの話は、あっけないほど、短いものでした。けれども、モニカの顔は、すっかり青ざめています。妖精たちは、モニカの涙と、あまりにも疲れた様子に、たいへん驚きました。「今日、モニカに聞いた話は、真剣に受け止めなければならない。」と、今は誰もが感じています。妖精たちの心は、一つなっていました。

「じゃあ次は、私たちが応援する番ね！　私は、サムがポールに、勝てる予感がするの。今度こそきっと、サムが勝つわ！　ねえ、クレアもそう思わない？」

ある日小川の方から、ケイトの楽しそうな声が聞こえてきます。

「うーん……そうね。どうかしら？　私は次も、ポールの勝ちだと思うわ。」

クレアもいるようです。今日はケイト、ポール、サム、そしてクレアの四人で、小川へ遊びに来ています。そしてクレアは、「今はもう、ここにリリーはいないわ……。どうしてかしら？」、とささやく声が、どこからか、聞こえてくるような気がします。今朝、ここへ来た時から、その声は今も聞こえています。リリーと一緒に、遊んだ思い出を、忘れることなどできません。小川にいる間、クレアはほかの三人から、厳しく責められているのだと、よくわかっていました。

「サム頑張って！　今度こそ絶対勝てるわ！」

ケイトは、なかなか勝てないサムを、大きな声で応援しています。

クレアがぼんやりしていると、ケイトは、不機嫌な顔で言いました。

「クレア！　黙ってないで、あなたも応援しなさいよ。全然、盛り上がらないじゃないの。」

「ポール！　今度もきっと、あなたが勝つわ。頑張って！」

クレアが慌てて、ポールを応援する横顔を、ケイトはちらりと見ました。クレアが無理に、楽しそうにしている様子を、確かめたのです。引きつったクレアの顔を見て、ケイトは満足そうな顔で、サムを応援していました。

「やったやった、サムが勝ったわ！　私、今度こそ絶対に、サムが勝てると信じていたの。良かったわね、サム。おめでとう！」

「ケイト、ありがとう。たくさん応援してくれたね。だから僕、頑張れたんだ。おかげで、やっと勝てたよ！　嬉しいなあ。」

「ああ、あと少しだったのに、悔しいなあ……。今日こそは、サムに全勝するぞって、思っていたのさ。」

ポールは、がっかりして、言いました。

小川で遊んでいる間、クレアにとって、楽しいことは、何もありませんでした。皆に合わせて、笑ったり、はしゃいだりする振りを、しなければいけないからです。もちろん、クレアは、自分の立場が、充分わかっていますから、楽しくないのは、当たり前でした。

「さあ、今度はどうする？　えーっと、そうだ！　四人全員で、葉に乗ってみようよ。みんなで乗ったら、もっと面白くなるぞ！」

と、ポールが言い出しました。

「僕はやりたい！」

サムが一番に答えます。

「私も賛成。」

ケイトがサムの次に言いました。

「私もやりたい！」

クレアが最後に言いました。「ああ、いつまでここで遊んだら、帰れるのかしら……。」無理に楽しい振りを続けることは、クレアが考えていたよりも、苦しいものでした。

「さあ、こっちの葉に取り替えよう！」

ポールとサムが、どこからか、大きな葉を運んできました。確かに四人が乗るには、こちらの方が良さそうです。

「ねえクレア、この大きな葉に乗るのは、すごく久しぶりでしょう？」

「ええ、本当に久しぶり……。」

ケイトは自分の顔を、クレアの目の前に突き出すようにして、話しかけてきます。あまりにもケイトが、近くに寄ってきたので、クレアは後ずさりしながら答えました。

「それじゃクレア、お先にどうぞ。」

サムが、いたずらっぽい顔をして、クレアを最初に案内しました。

「ありがとう。ではみなさん、お先に乗らせていただきますわ。」

クレアは、サムの調子に合わせて、少しふざけてみます。この時だけは、緊張が緩んだせいか、クレアは今日初めて、楽しいと感じました。早速、静かに飛んで行って、大きな葉の上にそっと座りました。他の三人は、クレアが座るのを確かめるように、じっと見つめています。それから、クレアに気付かれないように、お互いに目で合図を送りました。

「さあ、みんなそろったね！　行くよ、しっかりつかまって。」

ポールが、そう声をかけると、葉を枝に繋いでいた蔦を、切り離しました。「前はリリーが、ここにいたわ……。」クレアは、小川の流れに揺られているうちに、またリリーを思い出しています。疲れて、ぼんやりしていたクレアは、流れが速くなってきたことに、気付いていません。このまま流されて行けば、滝のように大きな段差が待っています。

「いちばん初めに、逃げ出すのは、いったい誰かしら。」

ケイトが、目をキョロキョロさせ、皆を見回して言いました。クレアはケイトの声で、ハッと気が付いて、どこまで流れてきたのか、周りを確かめています。「もう少ししたら、あそこに着くわ。」クレアは、心の準備をして、待ちました。そして、最初にサムが飛びました。サムは、流されていく葉の後を、飛んできます。次はポール、その次に、クレアとケイトが、同時に飛び立ち……いいえ、ケイトは勢いよく、葉から飛び立ちましたが、クレアだけが、取り残されています。これは、どういうことなのでしょう？　クレアは必死に、羽を動かして、飛ぼうとしています。けれど、片方の羽とスカートが、葉にべったりとくっ付いてしまって、どうにもなりません。

「誰か助けて！　お願い助けて！」

クレアは、大声で叫んでいます。このまま逃げられずに、流されて行くと、どんどん水かさが、増えていくでしょう。流れも激しくなり、木の葉に乗った妖精など、あっという間に、飲み込まれてしまいます。クレアは、少しずつ震え始め、体中が冷たくなってきました。怖くて怖くて、どうしたらいいのか、わかりません。それから、「ハッ！」としたのです。「私は、みんなに、騙されたのね。ここから、飛び立つことは、絶対にできない。きっと、このまま流されて、それで……。」これから、自分がどうなるのか、クレアはたった今、気が付いたのです。それでも、不思議なことに、クレアの心はとても静かでした。ついさっきまで、怖くて怖くて、たまらなかったはずです。それなのに、どういうことでしょう。「……これでいいのよ。このまま私が、死んでしまえば、妖精の森はきっと、穏やかで美しい姿に戻るわ。私の大好きな森……。」クレアが考えている、ほんの少しの間に、滝のように大きな段差が、すぐそこまで迫ってきました。今はもう、クレアが助けを呼ぶことはありません。きらきらと輝きながら、流れてゆく小川の、水音だけが聞こえています。「ああ、リリー。きっとあなたは、私よりも、怖い思いをしたのね。やっと、わかったわ。何度も大きな声で、私を呼んでいたわね。私が、助けに来ることを信じて、いつまでも叫び続けていたわ。それなのに、ごめんなさいリリー。間に合わなくてごめんね……。」クレアは瞳を閉じ、心の奥で天国にいるリリーに、話しかけました。そして、木の葉が水の中に吸い込まれ、すぐに見えなくなりました。

こうして小川の流れは、きらきらと優しく輝きながら、クレアの命を飲み込んでしまいました。ほんの一瞬の、出来事でしたから、何事も無かったように見えました。そして、風がさやさやと、樹々の間を通り過ぎてゆきます。森の中には、昨日と同じように、小鳥たちの歌う声が、いつまでも聞こえていました。

夜が明け始めると、雲の向こう側から、金色の光が差し込んできます。ルークはもう、目を覚ましているでしょうか？　やはり、まだ眠っているようですね。いつの間にか、朝陽がルークの顔を、照らしていました。あまりの眩しさに、どうにか目を少しだけ開けてみます。するとルークは、自分が朝陽の中へ、ぐんぐん吸い込まれるように、感じました。残念なことに、昨日の夜は、泊めてくれる家が、見つかりませんでした。ですから、ルークは仕方なく、大きな樹の根元に広がる、草の上で眠ることにしました。寝袋に入り、横になってみると、柔らかな草の上は、なかなか良い寝心地です。思いがけないほど気持ちよく、眠ることができました。きっと、「草のベッド」のおかげでしょう。

眩しい朝陽のおかげで、いつもより、早起きができたようです。ルークは、さっと立ちあがりました。そして早速、出発の準備を始めます。顔を洗って、鞄からパンと水筒を出しました。その時、「ああ、あの日のスープ、美味しかったな。もう一度だけ、飲みたい……。」ルークは、すっかり硬くなった、パンをかじりながら、そんなことを考えていました。

確か、一週間ほど前に泊めてくれた、おじいさんとの思い出です。ルークのために、スープを作ってくれたおじいさんは、おばあさんが亡くなってから、永い間一人きりで暮らしていました。きっと、そのせいでしょう。ルークが家を訪ね、

「どうか、一晩だけ泊めて下さい。」

と、お願いした時のことです。おじいさんは、瞳をキラキラさせ、

「かまわないよ、どうぞ、泊まっていきなさい。」

そう言って、ルークを暖かく、迎えてくれました。その日の夜おじいさんは、とても張り切って、夕食を作り始めました。慣れた手つきで、作っているのは、自分が育てた野菜のスープです。おじいさんのスープは、今までに味わったことが無いほど、美味しくて、忘れられない味でした。ルークはひと口スープを飲むと、疲れた体がスーッと軽くなりました。どこからかあのおじいさんの声が、聞こえてくるような気がします。

「よし、できたぞ！　さあ、ルーク、私に遠慮しなくていいんだよ。先に食べ始めなさい。せっかくのスープが、冷めてしまうから。」

ルークを見て微笑む、おじいさんの得意げな顔が、浮かんできました。「そういえばあの時、僕は久しぶりに、誰かと一緒に食事をしたんだ。おじいさんと色々話したし、楽しかった……。」ルークは、スープのことを思い出しているうちに、あのおじいさんに、もう一度逢いたくなってきました。そしてなぜか、不安と悲しみが混ざったような、つらい気持ちになりまし

た。「独りで、朝食を食べるって、淋しいんだなあ……。」こんな気持ちになったのは、旅に出てから今日まで、一度もありません。それに、自分がこんな風に、つらい気持ちになるなんて、想像したことも無かったのです。初めて感じる、不安な気持ちに襲われて、ルークはどうしようもありません。きっとこれが、一人で永い旅をするという、厳しい現実なのでしょう。パンをかじるルークの瞳から、涙がひと粒、またひと粒と、零れてきます。そして、ルークの涙は、朝露に濡れた草の上に落ちて、きらりと小さな、光になりました。

どれくらい、泣いていたのでしょう。ルークの目は、すっかり腫れてしまいました。朝焼けに染まっていた空は、もう、青く澄みわたっています。すると突然、青空が張り裂けるような、恐ろしく鳴き狂う声が、聞こえてきました。ルークが、驚いて空を見上げると、目を真っ赤にして、辺りをにらみつけ、炎を吐くドラゴンの姿が、見えるではありませんか！　それに、恐ろしい鳴き声だけではありません。大きな翼で、空を翔けまわるたびに、雲を蹴散らすほどの風が、吹き荒れます。ルークは、初めて見るドラゴンに、恐怖はそれほど、感じませんでした。それよりも、怒りの感情がこみ上げてくるのを、抑えることができません。いつの間にか、さっきまでの淋しく悲しい気持ちは、どこかへ消えていました。体中に力が湧いてきて、何でもできる気がして「いつまでも、ぐずぐずしていたらだめだ！　僕が早く、あいつらを倒して、キャメロットを救わなければ。」と、勇気を取り戻したのです。早速、帽子をかぶり、荷物をリュックサックに詰め込んで、勢いよく背負いました。そして、ルークは歩き出しました。いつもより、遅い出発でしたから、元気よく、ぐんぐん歩いて行きます。途中で地図をじっくりと眺めては、近道を探したり、湧水を見つけては、水筒一杯に、入れたりしました。おや、だんだん空が、暗くなってきたようです。そろそろ、今夜泊めてもらえそうな家を、探さなくてはなりません。野宿でも仕方ありませんが、雨が降りそうな空を見ていると、ルークの心にも灰色の雲が広がるようでした。

地図の通りに、進んできたとすれば、そろそろ小さな村に着くはずです。ルークは、村人に出逢えることを願って、ひたすら歩き続けました。

しばらくすると、林の奥からこちらへ向かって、近付いてくる人影が見えてきました。どうやら、子どものようです。長い髪をゆらして、道をジグザグに走ったり、スキップしたりして、少しずつルークの方にやって来ます。

「おーい！」

ルークに気が付いた女の子が、大きな声で叫んで、小さな手を力いっぱい振っています。手を振って、思いっきり走り始めた女の子は、何度も転びそうになりました。そして、やっとルークの傍まで、やってきたのです。金色の髪に、鳶色の瞳をした女の子を見て、「クレアによく似ている……。」と、ルークは思いました。

「こんにちは、お嬢さん。僕はルークっていうんだ。キャメロットまでの、旅の途中だよ。君の名前は？　教えてくれるかい？」

「……こんにちは。私の名前は、ローザっていうの。六歳よ。」

息を弾ませて答えるローザは、赤と白のチェック柄のブラウスに、紺色のスカートをはいています。さらさらした長い髪は、肩の下くらいまでありました。

「ねえ、ルークは何歳？」

「僕？　僕は十五歳だよ、ローザ。」

「ふうん。どうして一人なの？　お父さんとお母さんはどこにいるの？」

ローザは嬉しそうに、次から次へと、ルークに質問してきます。そのうちルークは、答えるのに疲れたせいか、体がだるくて、重くなってきました。「早く、今夜泊めてくれる家を、探さなくては……。」そう思ったルークは、一人で旅をする事情を、ローザにわかりやすく、説明しました。そして、ようやく村に向かって、ローザと一緒に歩き出しました。あともう少しで、今日の目的地に辿り着きます。終わりそうも無い、ローザの質問に、ルークは一つずつ丁寧に答え、林の中の細い道を進んでいます。いったい、どれくらい歩いて来たのでしょう。緑の中にやっと、赤茶色の屋根が見えてきました。とうとう、ローザの住む村に着いたのです。辺りを眺めながら、村の奥へ進んで行きました。

「ほら、ここが私の家！」

八軒目の家の前で、立ち止まると、ローザが元気よく言いました。屋根は緑色で、石でできた煙突から、うっすらと煙が出ています。家の裏には、大きなクヌギの樹や、まだ背の低いユーカリがあります。レモンやブルーベリー、ラズベリーもありました。ラベンダーや、ゼラニウムの花も咲いています。ルークは、ブルーベリーを見て、あることを思い出しました。お父さんとお母さんと三人で、暮らしていた頃のことです。焼き立ての、クロワッサンの香り、ブルーベリータルトの、甘酸っぱい味……。ルークは遠い昔を思って、しばらくぼんやりしていました。そのうち、「カタン、カチャッ」と、音が聞こえて、ルークは思い出の世界から、呼び戻されました。ローザの声に、気が付いた女の人が、家から出てきました。彼女は、水色の長いスカートをはき、灰色のブラウスを着て、白くて大きなエプロンを着けています。

「あら、やっぱりローザだわ。お帰りなさい、早かったのね。この男の子は？　新しいお友達かしら？」

微笑みを浮かべて、二人に近寄ってきました。

「はじめまして、こんにちは。僕はルークといいます。キャメロットへ向かう旅の途中です。」

ルークは、丁寧にしっかりと、挨拶しました。

「はじめまして、こんにちはルーク。よく来てくれたわね。私はエレノア、ローザの母よ。よろしくね。」

エレノアの声は、優しく暖かく、ルークを安心させてくれました。でもなぜか、声が微かに震えています。ルークは、そんなエレノアの様子に、「きっと、会ったこともない僕が、いきなり家にきたから、驚かせてしまったんだ。」と、思っていたのです。

「おじゃまします。」

ルークは、家の中へ案内されました。すると、美味しそうな香りが、漂ってきます。エレノアが、料理をしていたのでしょう。ルークは美味しそうな香りで、お腹が空いていたことを、急に思い出しました。エレノアは、ルークがとても空腹だと、すぐに気が付きました。そして、キッチンに戻ると、ルークのために大急ぎで、料理の続きを始めます。エレノアが、ルークのために作ってくれた料理は、魚のフライ、野菜と豆の煮込み、じゃがいものスープなど、他にも色々とありました。ルークは、テーブルに並ぶ料理を見て、母のソフィーを思い出しました。ですが、淋しい気持ちになったのも、一瞬だけでした。食事が始まると、ルークはただ夢中で、食べ続けています。そして、あれほどあった料理を、あっという間に食べ終わりました。その後ルークはようやく、自分が失礼だったことに、気がついたのです。「しまった！　僕はなんて、お行儀が悪かったのだろう。」と……。でも、もう終わってしまったことは、どうにもなりません。

「あのう、エレノア、ごめんなさい。僕、自分だけたくさん食べてしまって。どれも美味しくて、それにとてもお腹が空いていたから、つい……。」

「いいのよルーク、そんなこと気にしてないわ。それよりも、私の料理を、たくさん食べてくれたでしょう。とても嬉しかっわ、ありがとう。」

エレノアは、微笑みながら言いました。そして、紅茶とお菓子の用意をしています。それを聞いてルークは、ひと安心。今度は落ち着いて、お菓子と紅茶を、いただきました。そして、今までの旅の話や、キャメロットへ行かなければならないこと、お父さんとお母さんのお店のことなどを、ゆっくりと話しました。でも、なぜでしょう。ルークが話している間、エレノアはうつむき加減でした。紅茶とお菓子の用意をしていた時は、明るく話していたはずですが……。ルークは、エレノアの様子が、気になりました。けれども、それ以上に、「苦しかったけれど、ローザの家まで、来られてよかった。」と、心から感謝していました。その時、ルークは急に、頭が痛くなってきました。目の前が、白くぼんやりして、座っているのに、体がふらふらします。そのうち、ソファーに倒れてしまいました。旅の疲れのせいでしょうか？　いったい何が起きたのでしょう。

「ルーク！　ねえ、どうしたのルーク！」

ローザがルークを、必死に呼ぶ声が聞こえます。けれどもローザの声は、どんどん遠くなってしまいます。もう、目を開けることさえ、できません。それでも、「必ず、キャメロットに行く。」という気持ちは、ルークの中で強い光となって、消えることはありませんでした。

「ローザ、大変よ！　この子、こんなに体が熱い。まあ、すごい熱だわ。」

ルークの体の熱さに、驚いたエレノアは、ローザの方を振り返って叫びました。ルークの頬や、肩に手を触れた途端、高熱が伝わってきたからです。エレノアは、ルークの背中を支えて、抱き起こそうとしました。けれどもルークは、ぐったりしたまま、目を開ける様子もありません。突然のことで、ローザは驚いてしまい、エレノアが慌てる様子を、見ているだけでした。

ルークは、自分に高い熱があることも、気付いていませんでした。それほど必至に、歩き続けて来たのでしょう。高熱で、倒れてしまったルークは、これからどうなってしまうのでしょう……。

「うーむ、この子は感染熱のようだな。油断ならないぞ、熱が高すぎる。少しでも、下がってくれればいいが。」

体格がよく、あごに髭を生やし、髪は白くて眼鏡をかけた、おじいさんが言いました。この人は、医者のジャックです。エレノアのお父さん、つまりローザのおじいさんなのです。エレノアは、ジャックの診療所で、看護師として働いています。ルークは、ローザの家の寝室に運んでもらい、ベッドに寝ていました。汗で濡れた顔や首を、エレノアが何度も、拭いてくれます。

「さあ、エレノア。早くローザを、ここから離しなさい！」

ジャックは、慌てて言いました。感染熱が、ローザにうつってしまったら、大変なことになるからです。

「さあローザ、向こうの部屋へ行きましょう。」

エレノアは、ローザの肩に手をかけ、連れて行こうとしました。でもローザは、少しも動こうとしません。

「おじいちゃん、ルークは元気になるわね？　お願い、ルークを助けて。きっと、私のせいで熱が出たのよ。だって私、一緒に家まで歩いてくる間、とても楽しくて、たくさん質問したの。きっと、それで疲れてしまったのよ。ルークは私に、旅の様子をたくさん、聞かせてくれたわ。」

ローザは、ルークとのおしゃべりが、とても楽しかったことを、ジャックに話しました。そして、自分勝手にしゃべり過ぎたことを、反省していました。

「そうだったのかい。ルークはローザのために、一生懸命お話を聞かせてくれたんだね。でも、ローザ、ルークの熱は、ローザのせいではないよ。栄養も眠る時間も、足りないまま、旅を続けて疲れたせいだ。だから、たくさん食べて、ぐっすり眠れば、きっと元気になるさ。さあ、ルークのことは私にまかせて、ローザはお母さんと、向こうの部屋へ行きなさい。」

「はい、おじいちゃん……。」

　ローザは小さな声で返事をすると、エレノアに手をひかれ、部屋から出て行きました。ジャックは、ローザを見送った後も、ドアの方を見ています。やがて、ローザとエレノアの足音は、少しずつ小さくなり、何も聞こえなくなりました。廊下の奥の方から、「カチャン」とドアが閉まる音がしました。

　明け方近くになっても、ルークの熱は高いまま、下がる様子はありません。太陽が空高く昇り、すっかり明るくなりました。それでもまだ、ルークは苦しそうにしています。昨夜よりも、息は浅くて、酷くうなされています。もしかすると、怖い夢でも見ているのでしょうか。

　やはり、ルークは夢を見ていました。それは、離ればなれになった、クレアの夢でした。夢の中でルークは、なぜか森にいます。そして小川の近くに、一人で立っていました。すると、美しい水音が、風に乗ってルークの耳元へ、運ばれてきます。樹々の間から、差し込む光を浴びて、小川はきらきらと輝いています。ふと、川上を見上げると、一枚の大きな木の葉が、流れてきました。木の葉の上には、何か小さいものが乗っています。「あっ！　あれはクレアだ。」

ルークは、木の葉に乗って流されている、クレアを見つけました。すぐに、クレアを助けようと、小川へ走って行こうとしました。しかし、ルークの体は、全く動きません。

「クレア、僕だよ、ルークだ！　早くこっちへ飛んできて！」

ルークは、大きな声で叫ぼうとしました。でも、何回やってみても、声が出ないのです。どんどん流されてしまうクレアを、ルークは目で追いかけることしかできません。クレアを乗せた木の葉は、大きくて滝のような段差に、飲み込まれようとしています。その時、クレアがルークの方を、振り返りました。「ありがとう、ルーク。さようなら。」ルークの頭の中に、クレアの声が聞こえてきました。

ジャックは、ルークの手首に触り、脈を確かめました。それから、瞼をそっと押し上げ、目の様子を診てみます。

「うーむ、良くないな。これは、思ったよりも重症だ。明日までに熱が下がらなければ、もしかすると……。覚悟しなくてはならない。」

「そんな！　一人きりで、知らない土地で亡くなるなんて。お父さん、どうかこの子を助けて。」

一晩中ルークの傍で、看病をしていたエレノアが、必死で言いました。その顔は、ひどくやつれていて、声は消えそうなほど、かすれています。「感染熱で、死んでしまうなんて、絶対にだめよ。」と、エレノアは、心の中で叫んでいました。それは、エレノアの夫のフレッドも、同じように感染熱で、亡くなったからです。それは、ローザがまだ、エレノアのお腹の中にいる頃でした。ですからローザは、お父さんのことを、全く知りません。思い出さえ無いのです。大切な人を失うことが、どれほどつらいか……。自分もローザも、今日まで淋しい思いで、生きてきました。エレノアの心には、今も「悲しみ」というナイフが、突き刺さったままなのです。

「生きるのよ、ルーク！　頑張らなきゃだめ、諦めてはいけないわ。」

エレノアは、苦しむルークに、叫び続けています。

「あの薬が、あればいいんだが。しかし、ここでは手に入らないからな。どうしたらいいか……。」

ジャックがぽつりと、窓の外を見つめて言いました。厳しい顔で、ただ何かを、考え込んでいるようです。

「お父さん、なに？　今、なんて言ったの？」

エレノアは、徹夜で看病した疲れで、椅子にすわっていました。でも、ジャックの言葉に反応し、さっと立ち上がりました。

「実は、感染熱に効く薬があるんだ。ここまで重症になってしまったら、あの薬が必要なのだが。」

「それは本当？　それなら、ルークに薬を飲ませてあげれば、治るのね。ああ、よかった。」

　エレノアは乱れた髪を手で整え、微笑んでいます。

「それは、そうだが、エレノア。困ったことに、今この村には、その薬が無いんだよ。」

　ジャックの言葉を聞いた、エレノアの顔は、一瞬で真っ青になりました。

「そんな……。じゃあルークは、ルークはどうなるの？」

「……。」

　ジャックは、エレノアの言葉に、何も答えることができません。二人とも黙ったまま、重苦しい空気が、部屋に広がるだけでした。窓の外では、ユーカリの細い枝が風に吹かれ、弱々しく揺れています。その時、深いため息を吐いていたジャックの顔が、パッと明るくなりました。そして、椅子のひじ掛けを掴むと、すっと立ち上がり、大きな声で言ったのです。

「そうだ！　街の病院まで行けば、薬があるに違いない。ああ、でもここからでは、とても無理だ。いくら何でも、遠すぎる。」

ジャックの心は、悔しさでいっぱいになりました。街の病院へ薬を取りに行き、帰ってくるには、どんなに急いでも、丸二日はかかるでしょう。ルークを助けるには、それでは遅すぎるのです。

「お父さん、私が街へ行ってくるわ。一晩中馬車を走らせれば、きっと間に合うはずよ。」

ジャックは、エレノアの固い決意に、圧倒されるばかりでした。それだけではなく、ルークのために、ここまでしようとする理由も、知っていました。

「さあ、エレノア、急いで支度をしなさい。私は、馬車の用意をするから。ほら、一刻も早く出発しなければ！」

エレノアは、「自分が街へ向かう！」と言った気持ちを、ジャックが理解してくれたことに、心の底から感謝しました。しかし、ジャックがエレノアを止めなかった、ということには、深い理由があったのです……。

こうしてエレノアは、ジャックが用意してくれた、馬車に乗り込みました。手綱を引く手に、力がこもっているのでしょう。エレノアの両手が、震えています。「必ず私がルークを助ける！」エレノアの決意と共に、勢い良く走り出す馬のひづめの音が、響き渡っています。深い夜の闇を、かき分けながら走って行く、力強い音でした。

　さあ、これからエレノアは、無事に薬を手にすることが、できるでしょうか？　そして、ルークの命を、救うことができるのでしょうか……。

「ねえみんな、風がひんやりしてきたよ。」

「そうね、今夜は寒くなりそうだわ。早く寝る用意をしましょう。」

　水色の花びらを閉じながら、小さな花たちがささやいています。夕闇の冷たい気配を、感じ初めているようです。やがて、辺りが薄暗くなってきました。茜色に染まり始めた空には……おや、たくさんの鳥たちが、あんなに急いで、どこへ向かっているのでしょう？　ああ、どうやら森の奥を、目指しているようです。鳥たちは、星が飾り始めた夕空を、勢い良く飛んで行きました。

　夕映えの景色の中を、エレノアはしっかりと手綱を握り締め、馬車を走らせ、家に向かっています。出発してから今まで、「絶対に、絶対に間に合うわ。大丈夫！」と、心の奥で何回も、自分を励ましてきました。やがて、やっとの思いで、家まであと半分ほどの所まで、来ることができました。エレノアは、病院で無事に薬を手にして、ひと安心したのも束の間でした。まだまだ、頑張らなければなりません。「フレッドお願いよ、どうか間に合うように、私を助けて。ルークが無事に、キャメロットへ辿り着くまで、守ってあげて……。」少しも眠らずに、ひたすら家に向かうエレノアは、今にも倒れそうです。こんな時に、心に浮かぶのは、天国へ行ってしまった夫、フレッドの微笑みでした。フレッドはルークと同様、感染熱にかかりました。そして、看病の甲斐もなく、亡くなってしまいました。実は、それ以外にも、驚くほどの偶然が、フレッドとルークとの間に、あったのです。二人にとって、感染熱だけでなく、もうひとつ重なる事実……。それは、フレッドもキャメロットを目指す、「伝説の勇者」だったのです。それなのにフレッドは、なぜキャメロットへ行かずに、この村にいたのでしょう?

「コンコンコン……コンコン」

ドアをノックする音が聞こえます。「こんな時間にいったい、誰かしら?」少し緊張したエレノアは、丸いサイドテーブルの上に、クリーム色の毛糸で編んでいた、ショールを置きました。

「どなた?」

「こんばんは。僕は、旅の途中の者で、名前はフレッドと言います。今夜一晩だけ、泊めてくれませんか？　どうかお願いします。」

　ドアの向こう側からは、若者の擦れた声が聞こえました。エレノアは、ドアを開けるかどうか、迷っていました。そして、ゆっくりとドアノブ回して、少しだけ開けてみることにしました。

「こんばんは、どうなさったのですか？」

「はい、実は何日も、野宿が続いたもので。」

　エレノアはフレッドを見て、「綺麗な瞳をした方だわ。」そう思いました。もう、さっきまでの緊張は、どこかへ消えていました。

「少し待って下さる？　父にあなたのことを、頼んでみますわ。」

「本当ですか。お嬢さん、ありがとうございます。」

「私は、エレノアです。どうぞよろしく。」

「エレノア……ありがとう。」

　一旦ドアを閉めると、エレノアは、父親のジャックの部屋へ向かいました。コツコツと、急ぎ足の靴音が響いてきます。

「どうぞ、お入り下さい。寒かったでしょう。」

エレノアは微笑み、ドアを大きく開けました。

「ありがとう、本当にありがとう。」

フレッドはエレノアに、何回も、何回も、お礼を言いました。そして、簡単な食事をご馳走になり、お腹がいっぱいになると、すぐに眠くなってきました。その様子に、気付いたエレノアが、暖炉に近いカウチの上に、毛布とクッションを、そっと置いて言いました。

「さあ、こんなところですけれど、お休みになって下さい。早く眠った方がよろしいわ。お疲れでしょう。」

フレッドは、温かい食事と、エレノアの優しさに、感謝の気持ちでいっぱいになりました。ですが、とても疲れていたフレッドは、丁寧にお礼を言うこともできずに、すぐに毛布にくるまり、寝てしまいました。「ああ、こんな気持ちは、本当に久しぶりだな。」と、感じているうちに、いつの間にか眠りの中へと、吸い込まれていきました。部屋の中には、フレッドの微かな寝息が、聞こえています。それから時折、暖炉で薪が「パキッ」と、鳴る音が響いてきました。

フレッドが、深い眠りに就いた頃、月は雲に遮られることもなく、夜の闇を銀色に照らしていました。

初めは、一晩だけのつもりでした。それなのに、もう一晩、もう一晩と、今夜で三泊目になっていました。エレノアの微笑みが、フレッドの心を、昨日も今日も、激しく揺らしているのです。「明日こそ出発しよう」と、何回も決心します。それでもフレッドは、どうしてもエレノアの元を、離れられずにいました。もしかするとフレッドは、自分が何者であるかを、忘れてしまったのでしょうか？　今まで苦労しながらも、旅を続けてこられたのはなぜか、ということさえも……。しかし、それを一番よくわかっているのは、フレッド自身のはずです。自分を信じて待っている、キャメロットの多くの国民。本当の母親である王妃、父親である国王の元へ帰る喜び。そして、生まれてすぐに離れた祖国を、守るべき自分の使命……。考えても考えても、答えは見つかりません。大きな責任を果たすために、フレッドが、自分の気持ちを押し殺すことは、できるでしょう。けれども同時に、エレノアの心を、壊してしまうことになるのです。だからといって、このままエレノアの元で、生きてゆくのは……。それでは多くの人々を、悲しませてしまいます。悩み続けているうちに、あっという間に、一か月が過ぎてしまいました。そんな、ある日のことです。

「フレッド、もうこれ以上、ここにいてはいけないわ。あなたには、多くの人々を守るという、大切な使命がある。私一人のために、今までの苦労を、無駄にしては駄目よ。」

エレノアが強い口調で、フレッドを見つめて言いました。

「わかっている。どうするべきなのか、頭の中ではわかっているんだ。でも、君と離れるかと思うと、どうしても決心できない。」

「じゃあ、ずっとここにいるというの？　本当にそれで良いの？　そんなはずはないわ。いつか、必ず後悔する時がくる。そうなったら、あなたはきっと、私と出逢わなければ良かったと、思うようになるのよ。それだけは、どうしても、どうしても嫌だわ。悲しすぎるもの。だからお願い、自分の生きるべき道を、まっすぐに歩いて。」

フレッドは、エレノアの固い決意を、痛いほど感じました。その姿を見ているうちに、「もうこれ以上、愛する人を、苦しませてはいけない。」と、フレッドの心に、強い思いが生まれました。そしてとうとう、心を決めることができたのです。

「わかった、君の言う通りだ。僕は明日、夜が明ける前に出発する。」

それからフレッドは、すぐに出発の準備を始めました。一言も話さず、夢中で荷物をまとめています。その姿を見ているエレノアの瞳は、涙でいっぱいでした。お互いに何も言わなくても、心の中はわかっていたのです。

真夜中の暗闇を照らす月は、夜空にくっきりと、姿を現しています。やがて、星が眠りに就く頃、フレッドは、エレノアの元を旅立ちました。納屋からは風に乗って、干し草の香りが運ばれてきます。それはまるで、一人旅立つフレッドを、そっと見送るようでした。「これでいい。僕が、自分の使命を投げ出すことは、許されない。」と、何回も繰り返し、自分に言い聞かせ、進んで行きます。淋しくて、切ない気持ちを押し殺し、フレッドはキャメロットを目指して、エレノアの元を旅立ちました。

フレッドがいなくなってから、満月の夜が何回か過ぎた、ある日のことです。灰色の雲が太陽を隠して、辺りはどんどん、暗くなってきました。エレノアは一心に、花壇の手入れをしています。すると、家の中からジャックが、エレノアに声をかけました。

「雨になりそうじゃないか。もう、それくらいにしたらどうかね?」

「あら、本当。気が付かなかったわ。」

そう言ってエレノアは、片付けを始めました。そのうちに、大きな雨の粒が、空から落ちてきました。「もう降り始めたわ、早くしなくちゃ。」急いでいるエレノアを、追い詰めるように、雨は激しくなってきました。

「すっかりびしょ濡れ！」

エレノアは独り言を言って、苛々しながら片付けています。物置に道具をしまおうと、顔を上げました。すると、遠くに人影が見えます。雨でぬかるんだ道を、水たまりも気にせずに、こちらへ向かって進んできます。「こんなにひどい雨の中を、歩いて来るなんて。よっぽど急いでいるのね。」エレノアは、人影を気にしながら立ち上がると、物置へ歩いて行きました。何気なく振り返り、もう一度、歩き続ける人を見ました。「まあ、あの人は、フレッドによく似ているわ。今頃フレッドも、雨に打たれて、歩いているのかもしれない……。」エレノアはそんなことを考えながら、もう一度その人を見てみると……。フレッドによく似た人ではなく、本当にフレッドではありませんか！　エレノアは、あまりに驚いて、両手に抱えていた道具を、落としてしまいました。ぬかるんだ地面から、泥水が跳ね上がり、エレノアのエプロンは、こげ茶色のシミで、いっぱいになりました。顔がはっきりとわかるくらいに、こちらに近付いてきたのは、間違いなくフレッドです。　エレノアの元から旅立ち、キャメロットへ向かったはずのフレッド。彼が今、エレノアの目の前に、現れたのです。あまりにも突然、信じられないことが起きました。それにしても、フレッドは、どうして戻ってきたのでしょう。

「フレッド、本当にフレッドなのね。もう、二度と、逢えないと思っていたのに。なぜ？　なぜなの、どうしたというの？」

「……。」

エレノアの瞳を、見つめるフレッドは、なにも答えようとません。

「ねえ、お願い。なにか言って、何でもいいから私に話して。」

激しい雨の中、二人は黙って、立っていました。雨に打たれるエレノアの髪から、次々と雫が生まれては、したたり落ちてきます。雨雲はますます厚く広がって、強く激しく雨を降らせています。大粒の雨が、地面を叩く音だけが、響いていました。

「こんな雨の中で、どうした！　何をしてるんだね？　早く家に入りなさい、風邪をひいてしまうよ。」

玄関のドアを開けて、ジャックが大きな声で言いました。雨音にかき消されることもない、ジャックのはっきりした声を聞くと、二人は家に向かい、走って行きます。家の中に入るとジャックが、二枚のタオルを、エレノアに渡しました。フレッドとエレノアは、髪や顔をタオルで拭いています。

「さあ、二人とも、暖炉の前に来なさい。そのびしょ濡れの服を、早く着替えなければだめだ。そうだ、フレッドの着替えは、まだ置いてあっただろう？　エレノア、早く出してあげなさい。」

「はい、お父さん。」

エレノアは、リビングのドアを開けて、フレッドの服を取りに行きました。ドアの前の床には、ぐっしょり濡れたタオルと、雫が落ちていました。

温かいミルクティーから、シナモンの香りが漂っています。暖炉の前の椅子に座っている、二人の冷え切った体は、温もりに包まれていました。それでも、エレノアがカップを持つ手は、ほんの少しだけ震えていました。

「どうだね、少しは温まったかな？」

ジャックは、フレッドとエレノアの様子を見ると、穏やかに声をかけました。

「ええ、もう大丈夫。ありがとう、お父さん。」

風と雨が、窓硝子を叩く音がしています。濃い灰色の雨雲が、永遠に青空を、閉じ込めるかのようでした。エレノアはフレッドに、「何でもいい、話してほしい」と、思いました。ですが、やつれ果てたフレッドを見ると、どうしても、話しかけることができません。

「体が温まったのなら、食事をして、早めに寝るといい。もう私は、仕事に戻るよ。」

ジャックはそう言い残し、自分の仕事部屋に戻りました。フレッドはジャックが、自分に何も聞かずにいてくれたことに、感謝しました。しかし同時に、無言の重圧を感じていました。

次の日の朝、雨雲はすっかり、姿を消していました。どこまでも高く、青い空には、朝陽が黄金色の光を広げています。昨日は、冷たい雨の中で、花びらをぎゅっと閉じていた、水色の花たちも、朝陽を浴びて咲き誇っています。朝方まで降り続いた、雨の音が気になり、エレノアは眠れませんでした。いいえ、眠れない理由は、雨音ではありません。雨の音を聞きながら、突然現れたフレッドのことを、ずっと考えていたからです。「きっと、何か起きたのね。でも、想像がつかない。もしかしたら……でも、そんなことは、あるはずがない。」エレノアが、いくら考えても、フレッドに聞かなければ、何もわかりません。「そろそろ、朝食の用意を始めなくちゃ。」気持ちを切り替えて、ベッドから出ようとしました。

「コンコンコンコン」

　ドアをノックする音がします。

「エレノア、起きているかね?」

「はい、今起きるところよ。」

　ジャックがエレノアを、呼びにきました。エレノアは急いで顔を洗い、着替えて髪をまとめると、階段を下りて行きます。すると、美味しそうな香りが、上ってきました。ジャックが早起きをして、朝食の用意をしてくれたのです。

「まあ!　なんて美味しそうなの。私が作るよりも上手だわ。」

　丸いダイニングテーブルには、三人分の朝食が、用意してあります。

「フレッドが、まだなんだよ。エレノア、起こしてきてくれないかい?」

「はい、すぐに起こしてきます。」

　客間のドアをノックしても、返事がありません。フレッドは、まだぐっすり眠っているのでしょう。エレノアは、そっとドアを開けてみました。フレッドはうつ伏せで、顔を左に向けて眠っています。両方の手を枕の下に挟み、左脚を曲げて寝る癖は、前と変わりません。

「おはよう。起きて、フレッド。」

「あっ、おはよう。昨日僕は……そうだった。君の家に泊めてもらったのか。」

「さあ、早く顔を洗って。食事にしましょう。今朝はお父さんが、朝食の用意をしてくれたのよ。すごく美味しそうなの、見たらきっと驚くわ。」

明るいエレノアの声が、フレッドの胸を締め付けます。どんな理由があったとしても、今自分が、ここにいることが正しいと、言えるはずがありません。「自分勝手で無責任な行動に、言い訳をするなんてだめだ。僕がしたことは、決して取り返しがつかない。」そう思っているフレッド自身も、自分を責めているのでした。

エレノアの言う通り、ジャックが作った朝食は、とても美味しくできていたようです。フレッドは、「きっと、とても美味しいのだろう」と、味を想像するだけで、精一杯でした。花瓶に飾られた庭の花が、ダイニングテーブルの中央に置いてあります。黄色や桃色の花が飾られた、丸いダイニングテーブル……。以前、フレッドがこの家に、泊まっていた頃と、全く変わらない朝の光景でした。三人とも一瞬、「時間が巻き戻されたのではないか……。」と、感じていました。食後の紅茶を飲み始めると、ジャックが席を立ちました。

「さて私は、その辺りを散歩してくるからね。診察が始まる時間までには、必ず帰って来るよ。」

そう言い残し、ジャックは散歩に出かけました。そうなると、ここにいるのは、フレッドとエレノアの、二人だけです。お互いに何を話したらいいのか、なかなか言葉が見つかりません。

「すっかり晴れたのね、気持ちがいいわ。昨日は、あんなに雨が降って、風も強かったのに。」

「ひどい雨だったね。はぁ……緑の香りがする。」

フレッドは窓を開けて、外の空気を大きく吸ってみました。これでどうにか、気持ちを落ち着けようとしたのです。すぐ近くの、茂みから聞こえてくる、小鳥たちの可愛らしい声が、風に乗って通り過ぎて行きました。そして、昨夜の雨で、まだ濡れている緑が、突然激しく揺れました。バサバサっと、羽ばたくような音もしました。窓のそばにある樹の枝から、鳥が飛び立ったようです。葉に残された、雨の雫が飛び散って、フレッドの指先を濡らしました。指先にヒヤッと感じた、微かな刺激のせいで、心の準備ができたのかも知れません。素直な気持ちになったフレッドは、自分がなぜここに戻ったのか、話し始めました。

「驚かせてごめん、エレノア。僕は何と言ったらいいのか、言葉にできない……。」

本当は、「言葉にできないほど、エレノアを愛していると、君と離れてから気が付いた。」と、言いたかったのです。

「ええ、いいのよ。そうね、言葉にできないって、わかるわ。そういうことは、私もたくさんあると思うの。」

「僕は、ここに戻って来てはいけないと、わかっていた。いや、そうじゃない。わかっているつもりだった。」

「どういうこと?」

「君は、自分自身が淋しくても、苦しくても、僕がキャメロットへ行くべきだと、励ましてくれた。だからこそ、僕がいつまでも、君のそばにいることは、間違いだと思ったんだ。」

「ええ、あなたは、私一人だけのために、生まれてきたわけじゃない。多くの人々の、平和を守るために、生まれてきたのよ。私だって、あなたと離れたたくはなかった。でも、それは、たくさんの人たちの幸せを、奪うことになるわ。だから私は……。」

エレノアはこれ以上、何も言えなくなりました。必死に抑えていた、フレッドへの気持ちが、あふれてきたからです。自分の気持ちを殺して、今日まで過ごしてきた、エレノアでした。だからこそ急な再会が、フレッドへの愛しさを、呼び覚ましてしまったのです。

「何が正しいことか、頭の中では理解できる。でも、どうしようもない。君と離れて、キャメロットへ旅立った後、初めてわかった。やっと気が付いたよ。僕は君と一緒にいたい。自分の使命を果たさなくても、間違っていても、それでもかまわない。」

フレッドはとうとう、エレノアに、本当の気持ちを伝えました。その言葉を聞いたエレノアは、驚きと嬉しさで、息が止まりそうでした。

「エレノア、どんな時も、いつまでも、君を守ります。どうか僕の傍に、いてほしいのです。」

フレッドの手から、トパーズの指輪が差し出されました。それは、フレッドを育ててくれた、別れた両親から贈られた、旅のお守りでした。

「はい、喜んで。」

ひざまずいて、結婚を申し込むフレッドに、エレノアは短く答えるのが、精一杯でした。朝陽が差し込む、食堂の窓辺で、レースのカーテンが揺れています。硝子の花瓶は光を浴びて、虹色に輝いていました。この、美しい朝のような日々が、いつまでも続くと、二人は信じていました。

次の朝、空はとこまでも、青く澄んでいました。昨夜二人は、結婚することについて、ジャックにきちんと、話をしました。そして、ジャックの祝福を受けると、喜びでいっぱいになりました。エレノアは、結婚式の準備や、新しい生活のことを考えています。まるで、背中に羽が生え、エンジェルになったように、生き生きとしていました。しかし、その三日後の夜のことです。ジャックは、フレッドの様子が、心配になりました。顔色が悪く、食欲もありません。フレッドに体調を尋ねても、

「きっと、旅の疲れのせいです。今は、すっかり安心しているから、これまでの疲れが、全部出てきたのでしょう。僕は大丈夫です、すぐに元気になりますよ。お義父さん。」

　そう答えると、フレッドは、明るく微笑むだけでした。それでもジャックは、「昨日まではとても元気だったのに、何かおかしい。これは、もしかすると……。」ジャックはフレッドが、雨の中を永い時間歩いて来たことが、とても気になっていました。

「お父さん！　早く、早く来て！　フレッドが……。」

　エレノアが大きな声で、ジャックを呼んでいます。大急ぎで部屋に行ってみると、フレッドがベッドの近くに、倒れているではありませんか！　ジャックは自分の心配が、現実になってしまったと、すぐにわかりました。

「エレノア、フレッドは、熱が高いのではないか？」

「わからないわ、どうしたらいいの……。」

「しっかりしなさい！　すぐに熱を確かめて、服を緩めるんだ。体が楽になるように、してあげなければ。」

ジャックに言われて、エレノアは熱を確かめました。すると、あまりの熱さに驚いて、手が動かなくなりました。それでも、服の首元を緩めようと、ボタンを外そうとします。けれども手が、激しく震えてしまい、なかなかボタンが外せません。

「もう三日目だというのに、まだこれほど、熱が高いとは。これは、かなり重症だ。」

ジャックは、エレノアの瞳を見つめ、はっきりと言いました。二日間の徹夜の看病と、深い落胆のせいでエレノアはぼんやりしていました。心配と疲れが、感情の動きを、止めてしまったようです。それに加えて、フレッドの回復を諦めかけているせいでも、ありました。

「これ以上熱が続いたら、危ないかもしれない。」

「ええ……。」

消毒剤を蒔いて、白く覆われた床を見つめて、エレノアが答えました。もう、期待はできないと、充分わかっているのです。看護師をしているエレノアが、今までにも何回か見覚えのある、つらい光景でした。

三日目の夜、フレッドは高い熱に、うなされていました。時々、エレノアの名前を呼んで、苦しそうに、もがいています。すっかり痩せてしまった、フレッドの頬をさすって、エレノアは呆然としていました。「もう、最後の瞬間が、近付いている……。」瀕死のフレッドを、目の前にしているエレノアは、どんな気持ちなのでしょう。悲しい、淋しい、つらい……どんな言葉を並べても、心の中の真実は、エレノアだけにしか、わかりません。

「エレノア、そこをどきなさい！」

突然ジャックが、エレノアを押しのけ、フレッドの具合を診ます。

「さあ、エレノア。」

最後の瞬間が、もうすぐだとわかると、ジャックがエレノアを呼びました。「もう、お別れなのね。いつまでも、傍にいると言ったのに。それなのに、どうして。」悲しい思いが、あふれてきます。フレッドの手を握り締め、抱きしめたその時、エレノアは天国へ通じる扉が開く気配を、微かに感じました。フレッドの手から、力がスーッと消えてゆきます。残念ですがエレノアの腕の中で、フレッドは、死んでしまったのです。それでもエレノアは、涙を見せずにいました。

大きな悲しみの中にいる時、人は涙を流す力もないのでしょうか。それとも、エレノアが、気丈な女性だからでしょうか。

フレッドの葬儀が、無事に終わりました。空も風も雲も、そして緑も、いつもと変わりません。太陽は昇り、夕闇が訪れ、星が煌めき、月は満ちて、時間がさらさらと、砂のようにこぼれ落ちていきます。時の流れの中でエレノアの心は、どこへ行ったのでしょう。風の中を、さまよっているのでしょうか。永遠の暗闇に、旅立ったのかもしれません。気が付けば、二か月近くが、過ぎようとしています。

「寒気がするわ、こんなに晴れていて、暖かいのに。」エレノアは、なぜか急に寒気を感じて、自分が編んだショールを、手に取りました。肩からショールをしっかり巻いて、温かいミルクティーを飲むと、寒気が治まってきました。その時、何とも言えない気持ち悪さに襲われ、ミルクティーを吐き出してしまいました。仕方がないので、ジャックに体の不調を伝え、今日は仕事を休むことにしました。「もしかしたら、そうかもしれない。」エレノアは、あることを考えていました。

半日ベッドで休んでいると、すっかり気分が良くなりました。「そういえば、今朝から何も食べていなかったわ。何か簡単な食事でも、作ろうかしら。」ベッドから起き上がると、階段を下りて、キッチンへ行こうとしました。ところが、階段の途中でめまいがして、足が滑り、そのまま下まで落ちてしまったのです。倒れたエレノアの体の下から、真っ赤な血が、床に広がっています。すると、大きな音がしたので、ジャックが様子を見に来ました。そこには、倒れたエレノアと、真っ赤に染まった床が見えました。

気が付くと、エレノアはベッドに寝ていました。階段でめまいを起こして、下まで落ちたことは、うっすらと覚えています。

「良かった、もう目が覚めたんだな。心配しなくていいよ。お腹の赤ちゃんは、無事だから。なんて強い子だろう、二人とも無事でよかった。あまり、心配をかけないでおくれ。」

「えっ？　お腹の赤ちゃん？」

エレノアは、「もしかしたら、そうかもしれない」、とは思っていました。けれどまさか、こんなかたちではっきりするなんて、想像もしていません。それでも、「赤ちゃんが助かって、本当に良かった。それにしても、この気持ち……なんて嬉しいのかしら。」フレッドが亡くなってから今日まで、体が半分に切り裂かれたような、痛みを感じて暮らしていました。けれども、この一瞬だけは、痛みが消えたのです。「フレッドと私の赤ちゃんが、ここにいるのね……。」そう思うだけで、希望が湧いてきます。しかし、次の瞬間、希望は不安に変わっていました。「私一人で、どうすればいいの？　フレッドは、もういないのに。この子には始めから、お父さんがいないわ。」エレノアの瞳から、涙があふれていました。一点を見つめたまま、こぼれる涙を、拭おうともしないエレノア。そんな娘の姿を、傍で見ていたジャックが、エレノアを抱きしめて言いました。

「エレノア、よく考えてごらん。シェリルは、エレノアを産んでから、半年で亡くなってしまった。でも、私は一人でも、こんなに立派な娘に育てることができたんだ。だから、きっと大丈夫だよ。」

「ええ、そうね。お父さんは、すごい人だわ。でも、私には無理なのよ。フレッドがいなければ、何もできない。自信がないの。不安で心配で、気が狂いそうになる。」

「エレノア、私がいるじゃないか、忘れないでおくれ。大切な娘と孫のためなら、必ず力になる。約束するよ。」

「ありがとう、お父さん。でも、いったいどうしたらいいの？　こんな気持ちでは、一日もいられない。怖いわ。怖くてたまらない。私、どうすればいいの？」

「どうすればいいか、その方法は、一つだけだ。今、エレノアだけができることが、あるだろう？どうだい、少し考えれば、すぐにわかるさ。それを精一杯頑張っていれば、きっと、不安も恐怖も忘れてしまうよ。」

「今、私だけができることって、何かしら？ お父さん、お願い、教えて下さい。」

「お腹の赤ちゃんを、大切に守ること。どうかね、エレノアだけが、できることだろう？」

お腹の赤ちゃんを、大切に守ることは、確かに、エレノアだけができることです。いつまでも、自分が悲しんだり、怖がったりしていると、お腹の赤ちゃんも、同じようにつらくなってしまいます。エレノアは、そのことに気が付きました。「この気持ちを乗り越えて、ここにある新しい命を守らなくては。」そう考えると、不思議なことに、不安も恐怖も感じなくなりました。エレノアの心の中には、勇気と希望が湧いてくるのでした。

こうしてエレノアは、不安や恐怖と闘いながら、無事にローザを産みました。それからは、ジャックの助けを借り、必死にローザを育ててきたのです。そしてある日、成長したローザが、ルークを連れて来ました。フレッドと同じく、「伝説の勇者」であるルークを……。

少しも眠らずに馬車を走らせて、とうとうエレノアは、家に辿り着くことができました。

「お父さん、ルークは？」

「大丈夫だ、間に合った。さあ、早く薬を！」

嬉しいことに、ルークはまだ生きていました。エレノアの願いが叶えられ、薬が間に合ったのです。ルークは、エレノアに命を救われました。高かった熱が下がり、食事をするたびに、顔色もよくなっています。こうしてルークは、数日かかって、すっかり元気を取り戻しました。

「エレノア、ジャック、ローザ、本当にお世話になりました。僕を助けてくれて、感謝しています。」

「淋しくなるわ、ルーク。私たちの方こそ、素敵な想い出をありがとう。」

「ルーク、また来てね。必ず来て、たくさんお話を聞かせてね。私、待ってるわ。」

「体に気を付けて、なるべく野宿はしないようにしなさい。もう、病気は懲り懲りだろう？」

「もう、あんなに苦しい思いは嫌です。きちんと食事をして、泊めてくれる家を探します。」

フリージアの花が、華やかな香りと共に、咲き乱れています。赤、紫、白、それぞれの花が、ルークを見送っているのでしょう。甘く華やかな香りと別れ、ルークは、キャメロットを目指して、

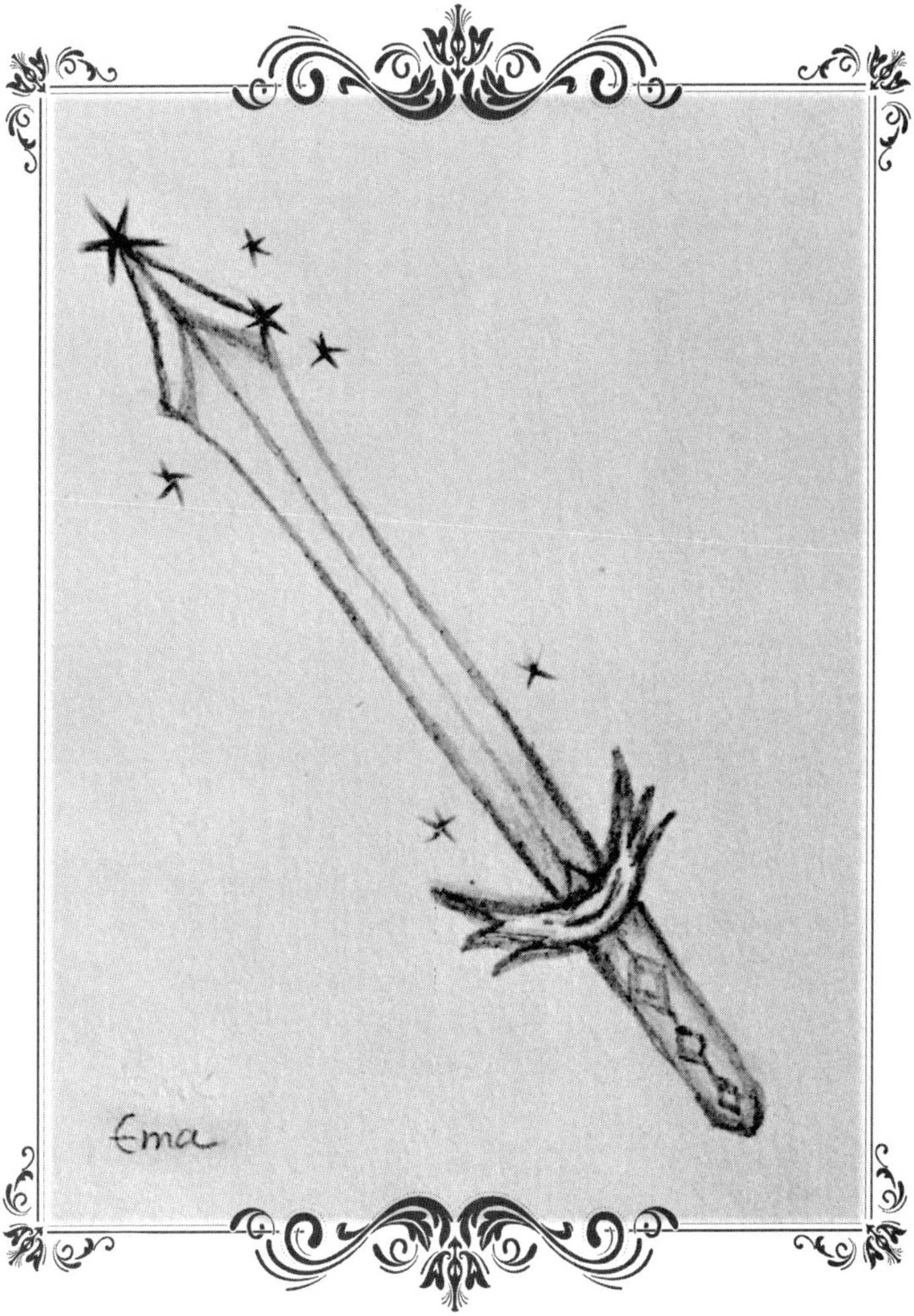
Ema

元気に出発しました。それにしても、この偶然の巡り合わせは、本当に不思議な出来事でした。

ローザの家で、病気になったせいで、ずいぶん旅の予定が遅れてしまいました。以前のルークなら、「遅れた分を取り戻さなければ、もっともっと急がなければ。」そんな風に、思ったことでしょう。けれども今では、「焦って無理をしてはいけない、また病気になったら、余計に遅れてしまう。」と、考えられるようになりました。これは、先を急いでばかりで、病気になってしまった、というつらい経験から、学んだことです。自分がつらい思いをしただけではありません。ローザの家の、ジャックやエレノアにも、多くの心配と迷惑を、かけてしまいました。ですから、ルークは焦らずに進み、早めに泊めてもらえる家を探して、野宿にならないように、気を付けていました。そうすると、時間はかかりましたが、酷い空腹や疲れを、感じない旅が、できるようになりました。足元に咲く小さな花や、のびのびと広がる緑、空をながれる雲……。たくさんの自然の美しさに、目を向ける余裕ができたのです。「こんなに綺麗な景色だったなんて。今まで何一つ、気が付かなかったなあ。」ルークは、すっかり旅を楽しめるように、なっていました。

「こっちだ！」

地図を広げて、じっと見ていたルークは、顔を上げると、思わず叫びました。ルークが、地図で見ている道の先には、山があります。今日は、あいにく曇っていて、はっきりと姿が見えません。でも確かに、雲の後ろ側には、山があるのがわかります。この山を越えて、向こう側まで行くと、キャメロットの国境があるはずです。いよいよ、目指してきたキャメロットに、辿り着く日が近付いてきました。

昨日の夜は、山の途中にある、小さな一軒家に泊めてもらいました。

「こんな山の中に、訪ねて来る人なんて、滅多にいないのだよ。」

力無くそう言って、すぐにドアを開けてくれたのは、おばあさんでした。突然訪ねてきたルークの顔を見ると、彼女の声が明るくなりました。

「さあさあ、こんな狭いところだけれど、泊まっていきなさい。」

簡単な造りの木の家は、多分手作りなのでしょう。隙間風が吹き込む、寝室が一部屋と、キッチンがあるだけの、質素な建物でした。たった一つの寝室には、たくさんの写真が、飾られていました。五段ある棚や、ベッドの横のテーブル、窓際にある椅子にも、数えきれないくらいの写真があります。

「ちょうど夕食にしようと、思っていたところだよ。こんなものしか無くて、若い人には物足りないだろうけどね。たくさん食べておくれ、遠慮はしなくていいよ。」

おばあさんは、ひよこ豆のスープと、丸いくるみパンを、用意してくれました。ルークにとってくるみパンは、アランが焼いてくれた、思い出のパンのひとつです。懐かしい、くるみの香りに浸っていると、キッチンで朝食の用意をする、ソフィーの姿が浮かんできます。毎朝作ってくれた、ベーコンエッグの味も、思い出しました。アランとソフィーを、懐かしく思いながら、パンとスープの夕食を、いただきました。おばあさんが作ったスープは、確かに、具材は質素かもしれません。けれども、心のこもった、優しい味がします。そういえば、旅に出た頃、ソフィーとアランを想い出すと、淋しい気持ちになったものです。ですが、もう今では、三人で楽しく暮らした日々を、心から懐かしいと、思えるようになりました。

おばあさんは、キャメロットの様子を、知っていました。「伝説の勇者」である若者が、この家に訪ねて来たこともあったそうです。ここまで来て、引き返した若者のことも、話してくれました。多分、フレッドのことでしょう。そして、今のキャメロットが、大変な苦難の時を迎えていることも、聞かせてくれました。

いちばん大きくて、強暴なドラゴンとの戦いで、多くの騎士たちが怪我をしたのです。中でも特に大怪我だった者は、なかなか回復しません。そのために、国民がドラゴンに怯えて、恐怖の中で毎日暮らしている、というのです。国王も王妃も、何より多くの国民が、伝説の勇者の帰りを待っています。

「僕がすぐにでも、剣の腕を磨いて、キャメロットの人々を守らなくては！」ルークの心は、久しぶりにはやる思いで、いっぱいになりました。その日の夜は、あまり眠れずに過ごしました。記憶の限りでは、キャメロットは一日も暮らしたことが無い祖国です。しかし、「やはり僕は、国王と王妃の息子なんだ。キャメロットの人々が、僕の帰りを待っている。」ルークは初めて、自分の使命と責任を、はっきりと感じました。

明日は、真夜中に出発することを、おばあさんに伝えました。それを聞いた彼女は、ルークがよく眠れるようにと、温かいお茶を入れてくれました。その後、ルークは横になって、瞳を閉じました。たとえ眠れなくても、明日のために、元気を蓄えたかったからです。

次の日、朝の気配など感じないうちに、ルークは起きました。小鳥たちもまだ、ぐっすり眠っているのでしょう。辺りはシーンとして、何の音も聞こえてきません。ルークは、忘れ物は無いかと、確認していました。すると、おばあさんが、くるみパンとりんごをくれました。

「少しだけれど、途中で食べなさい。もう少しだから、頑張るのよ。」

そう言っておばあさんが、ルークを勇気付けてくれました。その瞳は、涙でいっぱいでした。

「泊めて下さって、本当に感謝しています。ありがとうございました。いつまでもお元気で、さようなら。」

別れの言葉を言うと、ルークはすぐに出発しました。空にはまだ、星座の海が広がっています。月は雲の後ろから、ほんのりと姿を見せています。なんという、幻想的な夜空なのでしょう。夜明け前の空に心を奪われ、時々立ち止まっては、また歩き出す。そんなことを、何回か繰り返していると、朝が近づいてきました。明るくなってくると、キャメロットの国境辺りが、遠くに見えます。一年近くかかった、永い旅でした。けれども、もうすぐ終わろうとしています。ルークの夢の中で、何回も姿を現した、キャメロット……。まだ、国境が遠くに見えるだけですが、懐かしい気がします。やはり、「自分の生まれた国だ」と、ルークは感じていました。

とうとう、国境のすぐ近くまで来ました。丘の上には、樹々に囲まれたお城が見えます。ルークは、国境を超える準備をしています。育ての母ソフィーから、別れの朝に渡された、ペンダントと指輪を出しました。これは、勇者の証であり、魔法の剣「カリバーン」を使うために必要な、大切な宝ものです。このペンダントと、指輪があれば、国境を越えて、キャメロットに入国できるのです。

「入国カードは持っていますか?」

「カードはありませんが、これでいいはずです……。」

ルークが、ペンダントと指輪を見せた途端、国境に立つ衛兵は、すぐにルークが、何者であるのか、気が付きました。すると、四人の衛兵の内、若い兵士二人が、ものすごい勢いで、坂道を駆け上がって行きました。残った二人の衛兵の顔を見ると、たいへん驚いた様子で、ルークを見ています。大きく見開いた瞳は、まばたきも忘れているようでした。しばらくすると、若い衛兵が戻ってきました。その後を追いかけて、誰かがこちらへ走ってきます。ルークの帰国を衛兵から知らされ、大急ぎでやってきたのでしょう。彼は息を切らして、どうにか衛兵に追いつきました。

「ルーク様ですね? 王子様、お帰りなさいませ。すっかりご立派になられて……。」

白髪をきちんと整え、ピカピカに磨かれた革靴を履いた、上品な男の人が、ルークに近づいてきました。

「王子？　僕は確かにルークです。初めまして、えーとお名前は……。」

「わたくしは、筆頭執事のマーカスでございます。恐れながら、お目にかかるのは、初めてではございません。ルーク様。」

「僕を知っているのですか？　マーカスさん。」

「マーカスとお呼び下さい。あなた様が、お生まれになられる前日、わたくしは国王陛下の執事になりました。」

「そうだったのですか。では、初めましてではなく、お久しぶりですね、マーカスさん。」

「マーカスと、お呼び下さい。お帰りなさいませ、ルーク様。」

「ただいま、マーカス。」

マーカスは、驚きと感動で、胸がいっぱいでした。

「さあさあ、どうぞこちらへ。新しい服と、入浴の用意ができております。お食事はどのようなものが、お望みでしょう？　すぐに用意させます。」

「ありがとう。好き嫌いは無いので、お任せします。」

ルークと執事のマーカスは、お城へ向かって、坂道を歩き始めました。生まれたばかりの、自分を知っているマーカスと再会し、一緒にお城へ向かっています。「きっといつか、こんな日が来る！」ルークはそう信じて、旅をしてきました。苦しい時もありましたが、たくさんの人に助けられ、とうとうキャメロットに、辿り着いたのです。

緩やかな坂道の両側には、たくさんの樹がありました。緑の香りに包まれ、ルークとマーカスは歩いて行きます。しばらくすると、水が流れる音が聞こえてきました。

「マーカス、この近くに川があるのですか？」

「川というほどではありませんが、湧き水が流れる小川があります。」

「その小川を見てみたいのですが、少しだけ寄り道してもいいですか？」

「はい、どうぞ、お好きなだけごらん下さい。こちらでございます。」

マーカスは、樹と岩の間にある細い下り坂の方へ、ルークを案内してくれました。

「足元が、滑りやすくなっております。お気を付けください。」

枯れ葉や、湿った泥が混ざり合い、確かに歩きにくい道です。

「大丈夫です、これくらいの場所は、何回も通って来ましたから。」

「僕を気遣う、革靴を履いたマーカスの方が、滑って転ぶのではないか？」と、ルークは心配していました。

「ああっ！」

ひどいぬかるみに、足を滑らせたマーカスが、転んでしまいました。ルークが心配していた通りです。

「大丈夫ですか？　どこか痛いところはありませんか？」

「大丈夫でございます。……痛いっ！」

マーカスは足首を押さえ、立ち上がることができません。

「さあ、僕につかまって下さい。」

マーカスはすまなそうにして、何回も自分で立ち上がろうとしています。でも、とうとうあきらめて、ルークを見上げて言いました。

「申し訳ございません、では失礼いたします。」

ルークは自分を見上げる、マーカスに微笑むと、彼の左腕を自分の肩にかけ、立ち上れるように支えました。

「ありがとうございます。ルーク様。」

マーカスを支えながら、ぬかるんだ道をゆっくり下って行くと、水が流れる音が近づいてきます。すると木の葉の間から、小川が見えました。ルークは、小川のそばに行って、清らかな流れを見ていました。そうしているうちに、クレアが流されてしまう、夢を思い出しました。感染熱で、うなされた時に見た、あの夢です。木の葉に乗ったクレアが、どんどん流されて、水に飲み込まれてしまった、悲しい夢……。ルークは、クレアが最後にふり返った顔を、思い出していました。

「いかがなされましたか？　お疲れのところ、わたくしがご迷惑を……。」

「いいえ、そうではないのです。さあ、もう行きましょう。僕のせいで、けがをさせてしまって、すみません。」

ルークはマーカスに、自分におぶさるように言い、かがんで背中を向けました。とても足が痛むのか、マーカスは遠慮しながらも、ルークにおぶさりました。

お城の門まで来ると、門番の衛兵たちが、慌てて駆け寄って来ました。足を痛めているマーカスが、恥ずかしそうに事情を説明しています。説明の途中でしたが、マーカスは、衛兵の一人に抱きかかえられ、手当てをするために運ばれて行きました。そしてすぐに、別の衛兵が、ルークを案内してくれました。ルークは、小川からここまで、マーカスを背負って来ました。ぬかるみで転んでしまい、泥だらけのマーカスを背負ったルークの服も、すっかり汚れてしまって、とても気の毒な様子です。お城の外では、ルークとマーカスを心配して、執事らしい男の人が、うろうろしています。ルークを見つけると、たくさんの召使いを集め、両側に並ばせました。

「ルーク様、お帰りなさいませ。わたくしは、執事のオスカーと申します。ところでマーカスは、どうしたのでしょう？　確か、ルーク様をお迎えに行ったはずですが……。」

　召使いたちがいっせいに、お辞儀をしています。

「ここへ来る途中、小川へ降りる道で、転んでしまったのです。僕が寄り道したいと、お願いしたせいですから。」

　執事のオスカーは真剣な顔で、ルークの話を聞いていました。そして、泥だらけのルークに、早く入浴して着替えてもらうよう、召使いたちに言いました。たくさんの召使いに、囲まれることなど、初めてのことです。ルークは戸惑いながらも、召使いたちが親切に、自分のために働いてくれることに感謝しました。特に、体をきれいに洗い、新しい服に着替えた時は、本当に気持ちが良いと思いました。

いよいよ、国王と王妃に会う時がきました。本当の両親に、会える日がきたのです。ルークは、とても緊張して、嬉しいけれど不安です。

「我が息子よ、試練を乗り越え、よくぞここまで辿り着いた。さぞかし、苦労したことであろう。私も、そなたと同じ歳で、永きに亘る苦難の旅を終え、この国に来たのであった。今のそなたを見ると、つい昨日のように思えてならない……。」

国王が、昔の自分を思い起こし、ルークの苦難の旅を労いました。

「ルーク、こちらへ来て、もっとよく顔を見せて下さい。まあ、こんなに背が高くなったのですか……。アランとソフィーに、感謝しなくてはなりませんね。今も仲睦まじく、健やかでおられるのでしょう?」

王妃の問いかけに、ルークの瞳は、一瞬で曇ってしまいました。アランの突然の死、哀しみに閉ざされた心、ソフィーと二人で暮らした日々……。何から話したらいいのか、ルークは混乱してしまい、黙り込んでいます。そして、ようやく出た言葉は、たったひと言でした。

「ただいま帰って参りました。」

ルークはゆっくりとひざまずき、深々と頭を下げ、丁寧に挨拶をしました。それでもまだ、他に何と言えば良いのか、言葉が、浮かんできません。戸惑っているルークの様子から、国王と王妃はすぐに、察しがつきました。アランとソフィーが、もう昔のままではないのだろうと……。そして、ルークがふと顔を上げると、国王と王妃は、両手を広げてルークを見つめています。ルークが、本当の両親の方へ駆け寄ると、三人は抱きしめ合いました。それは、十六年ぶりに、親子が再開した瞬間でした。感慨深い光景を前にして、他の王族や大臣たちの瞳には、涙が光っています。その頃、お城の広い庭園では、噴水の水しぶきが陽ざしに包まれ、淡い虹色に輝いているのでした。

翌朝ルークは、自分がどこにいるのか、すぐにはわかりませんでした。まだ薄暗い空は、朝焼けに染まる時を、待っているかのようです。旅の間はいつも、夜明け前に目覚めて、出発していました。ですから、今日も同じ頃に、目が覚めたのです。ふかふかの大きなベッドで、寝ていることに気が付いて、昨日キャメロットに帰って来たことを、思い出しました。昨夜は、初めて両親と食事をして、見たこともない豪華な料理を、たくさん食べました。そして、育ててくれたアランとソフィーについて、ようやく話をすることができたのです。国王も王妃も、驚きと悲しみから、言葉を失っていました。勿論、長い旅の途中で起きた、多くの出来事について も、語り合いました。遠く、永く、離れていた親子の間で、話しが尽きることはありませんでした。

何かがぶつかり合う音が、外から聞こえてきます。どうやら、城の外には誰かがいて、何かしているようです。「こんなに朝早くから、何をしているのだろう？」ルークはベッドから出ると、窓から外の様子を、のぞいてみました。国王と、背の高い若者が、剣の稽古をしている姿が見えます。「あの人は、いったい誰だろう？　昨日挨拶した人たちの中には、いなかったはず。」ルークは昨夜、たくさんの王族や、大臣たちと、次々に挨拶しました。でも、外にいる若者には、会っていません。すると、寝室の窓から、外を見ているルークに、国王が気付きました。剣の稽古をやめて、若者に何か話しかけています。国王と若者は、ルークを見上げて微笑むと、すぐに城の中に入って行きました。

朝食の席で待っていると、国王と王妃、そして、先ほど見かけた若者が、入ってきました。

「おはようございます。」

「おはよう、ルーク。ぐっすり眠れましたか？　昨日よりも、顔色がよくなりましたね。」

王妃が優しく微笑み、ルークに話しかけました。昨日ルークは、とても忙しく過ごしましたから、心配そうにしています。

「はい、とてもよく眠れました。あのような、立派で、ふかふかのベッドで眠ったのは、初めてです。……お母様。」

ルークは王妃のことを、初めて「お母様」と、呼びました。昨日から、そう呼んでほしいと、言われていたのです。それでも、なかなか言えませんでした。恥ずかしいようで、何とも言えない気がしたのです。初めて、お母様、と呼ばれた王妃は、とても嬉しそうにしています。

「おはよう、ルーク。元気そうではないか。」

「はい、この通り元気です。お父様。」

「それは、たいへんよろしい。」

国王を「お父様」と、呼んだのも初めてです。けれども、先ほどのように、何とも言えない、恥ずかしい気持ちではありません。国王は、嬉しそうでしたが、王妃よりも自分の気持ちを、抑えているようでした。

「ところでルーク、食事の前に、大切な話をさせてもらうよ。」

国王は厳しい顔になって、ルークに言いました。

「紹介しよう、こちらは、ネイト。彼は、わが国で最も優れた、剣の達人だ。さあ、ネイト、ルークに挨拶を。」

「初めまして、ルーク様。わたくしは、ネイトと申します。」

「初めまして、ネイト。どうぞよろしく。」

ネイトは、がっしりとした体つきで、意思の強そうな青年です。ルークはネイトを見て、「頼もしい人だ」と、思いました。

「さっそくだがルーク、今日からネイトに、剣の技術を教えてもらうように。自分の使命は、わかっていると思うが、一日も早くカリバーンを、使いこなせるようになってもらいたい。」

「はい、お父様。そのために僕は、ここに帰って来たのです。今日から、どんなに難しいことも学んで、この国の平和を守ります。ネイト、どうか遠慮せず、厳しく僕を鍛えて下さい。よろしくお願いします！」

「もちろん、手加減などしませんから、覚悟して下さい。僕は厳しいですよ。」

二人は握手をして、お互いのやる気を感じ合いました。

朝食が終わると、ルークはネイトに案内されて、ある部屋にきました。そこは、お城の中心にある、広い部屋でした。大きくて、重そうなドアを開けると、部屋の奥には硝子のケースに入った、立派な剣がありました。

「これが、カリバーンですね？」

「ええ、あなたがこの剣を、使うのですよ。」

ルークは、初めて見たカリバーンに、驚きました。剣の根本には翼の形をした美しい飾りが一つだけ付いていて、鋭い刃が光っています。想像していたものとは、だいぶ違っていました。宝石がたくさん埋め込んであるような、華やかなものではないかと、思っていたのです。

「さあ、そこから出してみて下さい。少し重いかもしれません。」

ルークは、硝子のケースのふたを開け、魔法の剣であるカリバーンを、始めて握り締めてみました。ひんやりと冷たく、ルークの手にしっくりと、馴染む感じがします。しっかりと強く握って、腕に力を込め、持ち上げようとしました。するとずっしりと、腕に重みがかかって、ルークが片手で持ち上げるのは、やっとのことでした。これを軽々と振り回し、闘うことなどできるのでしょうか？

「こんなに重いとは、知りませんでした。」

「そうです、まずはこの剣の重さに、慣れて下さい。自分の腕のように、自由に使いこなせるようになることです。まず、そこから始めましょう。」

それからルークは、腕はもちろん、背中や脚、お腹の筋肉も鍛えました。体力を上げるために、とても広いお城の周りを、何周も走りました。永い旅をしてきたルークは、体の強さには自信があったのです。けれども、魔法の剣の使い手としては、まだまだ自分が未熟なのだと、わかりました。その後、何日もかかって、剣を軽々と使えるようになりました。いよいよ、ネイトを相手に、闘い方の訓練が始まりました。

「それではだめだ、もっと早く、足を踏み込んで！」

「そこは、真横に降りぬく！ そうだ、今のタイミングだ！ その感じを忘れずに。」

ネイトは、毎日本当に厳しく、ルークを鍛え続けました。

ある日ルークは、いつもと同じ時間に、同じ場所で、ネイトを待っています。やがてネイトが現れました。

「さあネイト、早く始めましょう。今日は何からです？」

「ルーク、僕の役目は終わったようです。もう、何も教えることはありません。」

「あのう、では僕は、これから何を学べば、良いのでしょうか？」

「そうですね、剣の使い手として学ぶことは、特にありません。これからは、実戦です。他の騎士たちと力を一つにして、ドラゴンに立ち向かって下さい。ルーク、今日までよく頑張りましたね。僕は感心しました。あなたならきっと、このキャメロットの平和を、守ることができるでしょう。」

そう言って、ネイトが手を差し出しました。曇り空の下、ルークとネイトは、お互いの心の絆を確かめ、しっかりと握手をしました。ネイトと過ごした、厳しく奥深い時間は、この先にあるルークの苦難を、支えてくれることでしょう。

「伝説の勇者」の証である、指輪とペンダントを身に付け、ルークは立派に自分の使命を、果たせるようになりました。カリバーンを使い、騎士たちと共に、キャメロットの平和を守ることだけに、明け暮れています。どんなに危険な時も、ルークの剣は鋭い光を失うことはありません。真っ赤な目でルークを睨みつけ、炎を吐き暴れ狂うドラゴン。大きな体で空を翔けまわり、人々を恐怖に陥れるドラゴン。必死で立ち向かうルーク、そしてルークを助け、闘う騎士たち。彼らの姿は、まさに勇敢そのものです。ルークが初めて、キャメロットに帰った頃、国民の多くはルークを頼りないと、感じていました。ですが、それはもう昔のことです。ルークの努力と、闘う姿を見て、「伝説の勇者」に対する、感謝と尊敬の気持ちを、持つようになりました。それに加えてルークの努力は、闘うためだけではありません。キャメロットの歴史や文化、数学や科学など、多くを学んでいます。キャメロットの平和を守り、幸せな暮らしを創るために、色々なことを知る必要があるのです。国王と王妃は、そんなルークを見守ってきました。そしてある日、夕食の席で国王が言いました。

「毎日とても頑張っているようではないか。」

「そうね、素晴らしいわ。でも、健康でいなければ、国民のために働くことが、できなくなってしまうわ。」

毎日、食事もそこそこに、色々な勉強をしているルークの生活は、心配されても仕方がありません。

「ところでルーク、好きな女性はいるかしら?」

王妃が、突然こんな質問をしてきたので、ルークはスープを吹き出してしまいました。

「あらまあ、大丈夫？」

「は、はい、お母様……。」

王妃は、はっきりとした性格なので、遠回しな言い方などしないのです。

「王妃、もう少し違う聞き方は、できないのかね？　ルークが驚いているではないか。」

国王が、ルークの様子を見て、王妃に言いました。

「あら、他にどう言えばいいのかしら？　難しいわねえ。それよりルーク、好きな女性はいるの？いないの？」

「そのような方はおりません。」

「それなら、私が紹介するお嬢さんと、一度会ってみてはどうかしら？　もちろん、無理にとは言わないわ。」

王妃は、瞳をきらきらさせて言いました。ルークはそろそろ、結婚を考える時がきたのです。

「わかりました、お母様。お会いしてみます。」

「ルーク、無理をしなくてもいいのだよ。」

国王はルークに、王妃の提案が嫌ではないのか、よく聞きました。確かに、王妃の言い方は、強引と言えるしょう。

「いいえ、無理ではありません。僕も最近、結婚について、ちょうど考えていたのです。」

こうしてルークは、王妃の勧める女性と、会うことになりました。

噴水の方に向かって、丸く張り出したテラスは、お城の中で一番小さな部屋の前にありました。窓際に置かれたテーブルには、可憐な小花の刺繍が美しい、テーブルクロスがかかっています。その上には、午後のお茶に欠かせない、サンドウィッチやスコーン、手のひらに乗るほどの、小さなケーキもありました。壁には、大きな楕円形の鏡が飾られていて、そのとなりには、大人の背よりも高い、振り子時計が置かれていました。

テーブルの横には、二脚の椅子がありました。奥にある椅子には、女性が座っています。名前はマリー、もうすぐ十八歳です。背中まである茶色い髪を、クリーム色のリボンで飾ったマリーは、噴水を眺めていました。「お断りしたら、大変な失礼になってしまうから、仕方がないわ。こうしてここに、ただ座っているだけで良いのよ。だから、大丈夫。何ともないわ。緊張することなんて、少しもないの。」心の中でつぶやきながら、水色のドレスの刺繍を、指でなぞっていました。すると、天井の近くまである、大きなドアが開いて、ルークが入ってきました。執事のオスカーもいます。

「ルーク様、こちらはミス・マリーとおっしゃいます。わざわざ遠方より、お越しいただきました。」

「初めまして、ルーク様。わたくしは、マリーと申します。」

「初めまして、ルークです。今日は遠くから来て下さって、ありがとう。」

マリーは、お城から馬車で、二時間ほどの所に住んでいます。そこには、とても小さなお城があり、別荘のように使われていました。特に王妃のお気に入りで、月に何回か、訪れることもありました。マリーは、ある王族の親戚の娘です。王妃の話し相手を頼まれ、その小さなお城に、時々来ていたのです。早速ルークが、マリーに話しかけました。

「一つだけ教えて下さい。あなたは、どのような時に、喜びを感じるのですか？」

「そうですね、雨の日にお散歩をして、雨に濡れた緑の香りを感じる時に、素敵な気持ちになりますわ。」

「そうですか、僕も雨は好きです。晴れた日の青い空もいいけれど、雨の降る音を聞いていると、心が静かになりますから。」

ルークは、マリーと少し話しただけで、懐かしいような気がしました。初めて会ったはずなのに、本当に不思議な気持ちです。そしてマリーは、初めは仕方なくここへ来たのですが、今はとても楽しい気持ちになっていました。温かい紅茶がカップに注がれ、レモンが添えられると、爽やかな香りが広がります。それから二人は、お互いのことを色々と話しました。そして、あっという間に、穏やかな時間が過ぎて、マリーが帰る時間になりました。

「マリー、ぜひまた、おいで下さい。この次は、シェイクスピアの朗読をしましょう。お待ちしています。」

「はい、必ず参ります。朗読ですね、楽しみにしておりますわ。」

ルークは、馬車が見えなくなるまで、マリーを見送りました。ふと、空を見上げると、雲がうっすらと、どこまでも広がっていています。この日の空は、ほんのりとした、薄い青色に見えました。

「まあ！　それでは、マリーを気に入ってくれたのね。」

王妃がルークに向かって、嬉しそうに言いました。

「とても賢くて、穏やかな方でした。お母様のおっしゃっていた通りの、素敵な女性です。」

こうして、ルークとマリーは、五か月後のある木曜日に、結婚することになりました。結婚式の日は、国中が喜びに包まれ、素晴らしい一日となりました。結婚してから、ルークは、勇者としての責任の重さを、もっと感じるようになりました。自分に家族ができて、平和を守る大切さを、改めて考えたからです。キャメロットの国民と、愛するマリー、大切な両親を、自分の力で守り続けると、強く心に誓うのでした。

マリーと結婚して、一年が過ぎました。幸せに満ちた毎日は、花びらを揺らす風のように、優しく過ぎて行きました。ところが、最近マリーは食欲が無く、ベッドから起きあがれない日もあります。心配したルークが、医者に診てもらうように、言いました。けれどもマリーは、自分は病気ではないから、大丈夫だと言うのです。心配しているルークを見て、マリーはやっと、具合が悪い理由を話しました。

「本当に？　本当だね！　ああ、なんて嬉しいんだろう。」

「ルーク、私も最初は信じられなかった。でも、お医者様に確かめてもらってから、嬉しくて仕方がなかったわ。私、もう少し秘密にして、あなたを驚かそうと思っていたの。」

「秘密だなんて、それはひどいなあ。僕たちの赤ちゃんが、ここにいるんだろう？」

「ええ、そうよ。」

ルークとマリーに、赤ちゃんができたのです。こんなに嬉しいことは、ありません。けれども、生まれてくる赤ちゃんが、男の子だった時は、子どものない夫婦に、預けなければなりません。ルークが、アランとソフィーに、預けられた時のように……。

時が満ちて、マリーのお腹は、大きく膨らんできました。もう、明日にでも赤ちゃんが、生まれそうな様子です。お腹が大きくなり始めたころから、マリーは毎日少しずつ、編み物をしていました。赤ちゃんのために、靴下と服と帽子を、編んでいるのです。象牙色の毛糸玉から、最初に出来上がったのは、小さな小さな靴下です。初めて母になるマリーは、可愛い靴下を編み終えて、どんなに嬉しかったことでしょう。

「妃殿下、今日はこのくらいで、終わりになさいませんか？　お体に障るといけませんので。」

「そうね、少し疲れたわ。ベッドに行って休もうかしら。」

マリーは侍女と話して、編み物をやめました。そして、ベッドへ行こうと、立ち上がったその時です。お腹に痛みを感じたマリーは、だんだん苦しみだしました。侍女は慌てて、お医者様を呼びに、部屋を出て行きました。

次の日の朝、マリーの横には、ルークとマリーの赤ちゃんが眠っていました。夜明け前に、生まれたばかりのこの子は……男の子です。やっと会えた愛らしい寝顔は、まるで天使のようでした。一晩中苦しみ、命がけでこの子を産んだマリーは、ぐったりしています。けれども、ようやく新しい命に会えた喜びが、体中からあふれていました。しかし、この子は男の子ですから、もうすぐ子どものいない夫婦に、預けなければなりません。

「この子を手放すのは、とてもつらいわ。だけど、きっとルークのような、立派な青年になって、帰って来るわね。そうよね、ルーク。」

マリーは、少しも涙を見せずに、言いました。

「僕と同じ苦難が、この子にも待っている……。」

ルークは、自分に起こった、今日までの出来事を思い返し、切ない気持ちになりました。

ルークとマリーは、自分たちの子どもと、離れる淋しさを、押し殺しました。そして、元気に生まれたこの子が、やがて帰って来る日を、想像していました。「どうか無事に育てられて、元気で帰ってきてほしい。」と、心から願っています。そして、生まれてきた男の子に、「ライアン」という、名前をつけました。愛しいライアンに、会ったばかりですが、もうすぐ離れなければなりません。何も知らないライアンは、時々大きなあくびをして、眠っています。マリーはライアンを見て、何か話しかけているようでした。ふと、ルークが窓の外を見ると、庭の噴水のそばで、水を飲む小鳥たちが見えます。芝生の上では、樹から降りて来たリスが、大きな木の実を見つけて、どうにかして巣に運ぼうと、一生懸命に頑張っています。なかなか上手くいきませんが、とうとう大きな木の実を、自分の巣に運び込みました。その様子を、ずっと見ていたルークは、必死に生きようとする、動物たちの姿は、これほど美しいものなのかと、心を打たれました。

ベッドの方を振り向くと、ライアンと一緒に眠っている、マリーの姿が見えます。三人でいられる時間は、ほんの少しの間でしょう。それでもルークは、優しい心と強い意志を、必ずライアンに、伝えなければならないと、強く思っていました。これが、伝説の勇者としての、「唯一の真実」だからです。ルークが、アランとソフィーから教えられた、優しい心と強い意志が、ライアンの中でも、大きく育ってくれると、心の底から信じています。

街の教会の鐘が、鳴り始めました。ライアンが、無事に生まれたことを告げる、お祝いの鐘です。清らかな鐘の音は、風に誘われるまま、空を渡って、どこまで行くのでしょうか……。

解説

A文学会

古今東西、登場人物が対になった作品タイトルは数多い。『ぐりとぐら』『ロミオとジュリエット』『Tiger & Bunny』等々。分かりやすさで好まれるが、いっぽうで地味な印象になりやすいという欠点もある。洋画に邦題をつけるのが当たり前だった時代には『ボニーとクライド』が『俺たちに明日はない』と改題して公開され、大ヒットを記録した。

かたや、キャラクターを並べただけの一見地味な印象を逆手にとって、書籍ならば読了後、映像作品ならば視聴後に、しみじみとタイトルの意味を考えさせる類の作品もある。『安寿と厨子王』（森鷗外作品では『山椒大夫』）、70年代ロードムービーの傑作『ハリーとトント』がこのタイプだ。そして本作『ルークとクレアの物語』もまちがいなく同じカテゴリーの作品である。

舞台は産業革命以前のヨーロッパを思わせる、どことも知れない国だ。パン職人の若夫婦に慈しまれ、健全に育った十歳の少年ルークの、穏やかそのものの一日の描写から始まる。異世界ものだが、人間以外の生き物で登場するのは、比較的馴染み深いドラゴンと妖精。読み手の想像力の限界を試すような異形のものは出てこない。肌触りのよい、優しい風合いの設定でスタートする物語だが、やがて若さと老成がランダムに繰り出される、一筋縄ではいかない話だということがわかってくる。

本作の「若さ」は、作者が物語と向き合う姿勢の、風通しのよさでもたらされている。ルークの穏やかな日常は早くも序盤で崩れ、中盤以降は冒頭の記述からは予想できなかった大きな流れに放り込まれていくのだが、このときの思い切りのよさには、書き手の経験値があがってきたときに見られがちな「アイディアへの固執」めいたものがまるでない。

もともとの計画なのか、あるいは作者がひらめきに従ったのか、読んでいて判断のつかない物語のダイナミックな転換は、とくにファンタジーでは多く見られるものだ。作品とまじめに向き合えば向き合うほど、「ここでこの流れに乗ってしまっていいのか」といった悩みを書き手の多くが抱え、場合によっては作品を焦げ付かせてしまうのかもしれないが、作者は素直に流れに飛び込み、進みたい方向へと進んでいく。その姿勢はすがすがしい。

いっぽうで本作には、話を盛り上げるためにキャラクターに試練を与える意図ではなく、作者の純粋な知見から出たのではないかと思われる冷徹さがそこかしこにある。その冷徹さに触れるたび、春風の意外な冷たさに気付いたときのような驚きを覚える。

ルークは物語序盤で喪失に見舞われるが、それがすぐに彼の運命の変転へと続くわけではない。つまり彼は、大きな喪失を日常生活の中でしっかり受け止めることを強いられる。「いろいろなことがありすぎて別れの悲しみを忘れていた」経験は、彼には許されていないのだ。勇者のお話として、これは異色である。

悲しみを乗り越える過程で彼が出会ったのが妖精のクレアだ。羽の生えた小さな妖精という、可憐な彼女の存在は、アクセントでもアクティブファクターでもない。現実にも異世界にもある黒々とした「不公平」を、そのきらきらとした羽で描き出してみせるのだ。

小さいぶんだけ生命力がなく、それなのに人間を含めた複数の巨大な生き物と共存しなくてはならない妖精たち。当然のことながら自らを守るための厳然たる決まりがあり、その中でささやかな安全を保ちつつ暮らしている。だが少しだけ好奇心の強すぎたクレアは、自身と仲間の危険について大きな過ちを犯してしまう。

自分の力ではどうにもできない別れを経験したルークと、「あのときに戻ってやり直せたらなんでもするのに」を経験したクレアが出会って親交を深める。二人ずっとが互いのそばにいて、苦しいときに手助けをしあえる流れを期待するのが人情というものだが、ここでも作者は読み手の思惑を決然とかわす。

短いが忘れられない交流の時を経て、それぞれ「自分の進むべき道を行く」と決めた二人。笑顔で別れたはずなのに、意志さえあればなんとか歩いていけるルークと、意志をもってしても支えきれるかわからない悔恨をすでに背負ってしまったクレアの、分かたれた道の描写は切なく厳しい。

人生で代わりになるものはなく、失ったものと得たものがそれぞれ積み重なっていくだけ。失ったもののメーターと、得たもののメーターは、若いうちは後者が優勢だが年をとるにつれだんだん逆転していく。だが年をとっていけるのかも、個人の生命力次第。この厳然たる法則が、優しい子供向けの語り口の中に、こめられているような気がしてならない。

そして、恵まれているようにみえるルークの人生の軌跡も、冷静に振り返ると「ハッピーエンド」の意味を考えさせられるものだ。「ハッピーエンド」は人生の一態様であって、ずっと続くものではない。それでも、「もういない人でも、思い出せる限りは自分とともに生きている」を心から信じ、「いつかは来る別れでも、ともにいる間は精一杯愛する」を実行するからこそ、一時的にでもハッピーエンドを経験することができるのではないか。そう思えてしまうのだ。

著者プロフィール

森田　絵麻（もりた　えま）

東京都世田谷区生まれ
2015 年より執筆を始める
本作がデビュー作となる
イラストは著者自身による鉛筆画
カバーデザインは透明水彩画

ルークとクレアの物語

2018 年 11 月 1 日　第 1 刷発行

著　者　森田　絵麻
発行社　Ａ文学会
発行所　Ａ文学会
〒181-0015　東京都三鷹市大沢 1-17-3（編集・販売）
〒105-0013　東京港区浜松町 2-2-15-2F
電話 050-3414-4568（販売）FAX 0422-31-8164
E-mail : info@abungakukai.com

ISBN978-4-9907904-6-2